verde, amarelo e outras cores

Antonio Carlos Brandão

Labrador

© Antonio Carlos Brandão, 2025
Todos os direitos desta edição reservados à Editora Labrador.

Coordenação editorial Pamela J. Oliveira
Assistência editorial Vanessa Nagayoshi, Leticia Oliveira
Direção de arte e projeto gráfico Amanda Chagas
Capa Fernando Zanardo
Diagramação Emily Macedo Santos
Preparação de texto Monique Pedra
Revisão Iracy Borges

Dados Internacionais de Catalogação na Publicação (CIP)
Jéssica de Oliveira Molinari - CRB-8/9852

Brandão, Antonio Carlos
  Verde, amarelo e outras cores / Antonio Carlos Brandão.
São Paulo : Labrador, 2025.
176 p.

ISBN 978-65-5625-781-5

1. Ficção brasileira 2. Literatura fantástica I. Título

24-5676   CDD B869.3

Índice para catálogo sistemático:
1. Ficção brasileira

Labrador

Diretor-geral Daniel Pinsky
Rua Dr. José Elias, 520, sala 1
Alto da Lapa | 05083-030 | São Paulo | SP
editoralabrador.com.br | (11) 3641-7446
contato@editoralabrador.com.br

A reprodução de qualquer parte desta obra é ilegal e configura
uma apropriação indevida dos direitos intelectuais e patrimoniais
do autor. A editora não é responsável pelo conteúdo deste livro.

Esta é uma obra de ficção. Qualquer semelhança com nomes,
pessoas, fatos ou situações da vida real será mera coincidência.

Dedico esta história às minhas netas: Esther Brandão e Sophia Bento Brandão; e, em nome delas, a todas as crianças e jovens, para que nunca deixem de amar e sonhar com a beleza de nosso planeta.

PRÓLOGO

1850 - 1900
Período em que o povoado de Nova Ilusão ainda não havia sido assimilado pelo "Estado oficial do Brasil". Fim do sonho.

"*Frei, a morte não permite a livre escolha; há de ser a vida eterna ou não. Imagine quão mais fácil é do que nascer, não gera aquela mesma angústia de sair de dentro do útero. Quando nascemos, devemos estar preparados para procurar a disposição afetiva, a determinação de ser livre e a razão da existência, pois a morte não se manifesta de forma tão ambígua quanto o nascimento e a vida.*"

Fala curiosa de alguém que está morrendo.

Eu nunca vou esquecer essa frase dita pelo capitão Feliciano quando ele estava morrendo em meus braços.

No povoado de Nova Ilusão, sou conhecido como "frei Barbudo". Nome que me deram devido à grande barba negra — que muito embora continue grande, hoje é completamente branca — e ao hábito agostiniano que uso indevidamente, um pecado a mais que devo pagar quando for julgado no além. Meu nome verdadeiro... Não vou dizer! Mas estou tentado a me chamar de "frei Arcanjo", com o perdão do bom Deus, pois o meu aparecimento nesse povoado foi um milagre e uma missão. No entanto, "frei Barbudo", como apelido, pegou forte, e não vou conseguir mudá-lo, penso. Já estou muito velho e tenho me comportado como tal: fiquei ranzinza, resmungão, meio surdo, com memória cansada, e estou ficando cego. A surdez, junto com essa névoa que turva a minha visão, não me incomoda tanto, pois permite que eu ouça e enxergue o que eu quero — tornei-me seletivo quanto às besteiras que tenho que ouvir. O que me incomoda mesmo é não entender por que essa minha cansativa longevidade não me deixa.

Eu apareci em Nova Ilusão há muito tempo, trazido pelo José Antônio Adrien Charles Broussard, conhecido como "Coronel", depois que ele me encontrou quase morto na mata. Eu estava fugindo da polícia com meu amigo Filé, um cão grande e avermelhado que havia me adotado há muitos anos, quando eu ainda era morador de rua e vivia de restos de comida, de roupas e de pequenos furtos e tiros com a polícia.

Nessa época, eu frequentava a cadeia como morador eventual. Entretanto, eu nunca consegui roubar algo que me desse a emancipação da pobreza. Esses grandes roubos são para aqueles que já são ricos: empresários, políticos, latifundiários, membros do clero... Melhor parar por aqui antes de ofender a quem esqueci.

Na ocasião, eu e Filé nos embrenhamos na mata, correndo sem nos preocupar para onde, desde que fosse para longe da polícia. Afinal, eu não poderia ser preso mais uma vez e, com o padre que encontraram morto, bom, seria forca na certa para mim.

Nunca tinha adentrado qualquer mata, eu era um homem da cidade, afinal. À medida que avançava, eu percebia o quão difícil era a vida com medo, sem comida e sendo devorado por uma variedade inimaginável de insetos. Eu e Filé estávamos no fim de nossas capacidades físicas e mentais quando o Coronel nos encontrou, trazendo-nos para esse povoado.

Naqueles anos, o povoado era tão jovem que muitos conceitos da vida não eram conhecidos pelos mais jovens. O vocabulário era muito restrito, pois nascera de gente simples, gente vinda das periferias, das grandes cidades, de modo que muitas coisas tinham de ser explicadas com gestos e palavras para que eles entendessem. Como tinham vindo da cidade grande, uma variedade de plantas da mata e animais precisaram ser nomeados pelos habitantes, pois não eram conhecidos.

Foi nessa época que conheci Feliciano Firmino Dante de Mendonça, ele deveria estar com dez anos mais ou menos. Ficamos amigos de verdade; eu o considerava o filho que eu jamais teria tido — mesmo sendo um falso padre. E no momento em que ele estava para morrer em meus braços, enunciou a frase que nunca vou esquecer: "A morte não se manifesta de forma tão ambígua quanto o nascimento e a vida".

Muito tempo depois de sua morte, quando Cristiano me pediu para contar a história desse nosso povoado e de todas as aventuras que vivemos juntos — eu, o Coronel, Tião, Bartolomeu, o palhaço Bambolino (que era imortal), Feliciano e tantos outros — comecei a me lembrar do dia em que levei este último, ainda menino, para ver o circo, que tinha aparecido por essas bandas, para então depois assistirmos a uma missa na capital da província. Feliciano estava empolgado, tanto com o circo quanto com a missa. Não sei por que, depois de tudo que passamos juntos, essas duas coisas sempre ressurgem e me incomodam: *como associar circo à missa?*

Todavia, o que me deixou transtornado foi o dia em que fomos pescar. Nessa época, Feliciano já era homem formado, tinha a patente de capitão outorgada pela jovem República e fora agraciado com a comenda do mérito — um comendador, portanto. Algum tempo antes, ele havia retornado da Europa, iniciado uma pequena revolução, de modo que ganhou a medalha de honra do Exército, uma comenda de conclusão da paz e ainda a patente de capitão.

Estávamos pescando e conversando banalidades quando ouvimos um estrondo que ressoou por toda parte. Blocos de pedra da montanha que chamávamos de "Pequena Serra" deslocaram-se, derrubando os macacos das árvores e fazendo com que os pássaros se debandassem. O estrondo continuou ecoando durante toda a semana que se seguiu e só diminuiu quando os pássaros que Bartolomeu tinha prendido em gaiolas e ensinado vários cantos, e que, depois dos acontecimentos com Santinha, a esposa do Coronel, ele havia libertado, voltaram da mata e começaram a entoar *"Absolve domine"*, canto gregoriano que dizia:

Absolve, Domine
Animas omnium fidelium defunctorum

Ab omni vinculo delictorum
Et gratia tua ilis succurrente
Mereantur evadere iuditium ultionis
Et lucis æternæ beatitudine perfrui[1]

Entoado em coro por papagaios e várias espécies de pássaros, o canto foi seguido por uma canção iorubá, que falava sobre a "Mãe na montanha, mãe no rio, mãe no nosso mundo, grande é Iemanjá" e sons da festa xerente Dasipê.

Como se fosse hoje, vejo em minhas lembranças Feliciano deitado em meu colo com aquela enorme ferida no peito, que se seguiu ao estrondo. Eu gritava, chorava e xingava todos os palavrões que havia aprendido nos tempos de arruaceiro. Já ele, em vez de gritar, chorar e amaldiçoar, começou a filosofar! Como se aquela fosse uma tarde qualquer, na biblioteca do Coronel Broussard.

Penso em tudo o que aconteceu e não entendo como me tornei o único sobrevivente do início de nossa história. Eu não deveria ter sobrevivido nem à minha infância — oito irmãos, pai alcoólatra e ausente, mãe falecida. Como entender essa longevidade que já está me afligindo?

Eu, frei Barbudo, no lugar de morrer, fui destinado pelo "além" com o castigo de ficar velho, e pior, com o cérebro relativamente lúcido. Vai entender... Logo eu, escolhido para contar a história desse local. Penso que

---

1 Livre, O / Almas dos fiéis / De todas as correntes de seus pecados / E pode ajudar doenças / Para escapar do julgamento de vingança / A luz aproveite a felicidade

Cristiano devia me deixar em paz e esquecer o passado, mas já que ele insiste tanto, vai ter que me aturar. Então, vou começar a contar, não com todos os detalhes, mas o que ainda lembro e que me parece mais importante.

Cristiano é enteado do Coronel Broussard e filho de Santa de Lourdes Almelo, que o teve com um jovem chamado Jeremias Alonso de Albuquerque. Ele era filho de escravo fugidio com uma índia xerente. Estranho nome de nobre para alguém dessa origem. O nome completo do enteado é Cristiano Broussard de Albuquerque; portanto, mantinha o nome do pai biológico e do de criação. E, assim como Feliciano Firmino, seu apadrinhado, o Coronel adorava os dois meninos e dizia que eram os filhos que ele não pôde ter, mas que o bom Deus os dera.

Ao recordar daquele estrondo que se seguiria de morte, algo dentro do meu ser destravou as lembranças que eu já não queria mais recordar. Eu e Feliciano Firmino íamos a caminho do pequeno riacho, o que me lembrou de passeios que tínhamos feito anteriormente.

...

Então, Cristiano, vamos começar.

Quando Feliciano tinha mais ou menos dez anos de idade, já sabia latim. Eu o levei para assistir à missa na capital da província, depois do passeio pelo circo. Foi a primeira missa de verdade que ele participou, ele tinha comparecido a outras, mas nem ligava para a cerimônia. As missas que eu celebrava a céu aberto, ele nunca perdeu nenhuma, embora fossem falsas, como tudo em mim. Atualmente não tenho certeza se eram falsas. Afinal, foi o destino ou Deus que me colocou nessa grande confusão que é a vida.

O entusiasmo que ele sentiu naquela missa só se comparou com o aparecimento do circo em Nova Ilusão; queria ver tanto os dois palhaços que faziam parte da turma quanto a Terra suspensa no Céu. Isso ilustrava o conflito de sua personalidade: de um lado, uma criança, do outro, um gênio adulto que queria encontrar o significado da vida. Uma busca de tantos por tanto tempo, que acredito não haver segredo algum a ser descoberto, apenas, quem sabe, uma confusão de eventos aleatórios e inexplicáveis que, de uma forma maluca, criou tudo isso. *Deus?*

O globo terrestre mostrado no circo era uma bola feita de pedaços de pano fixados com cola. Por mais que quiséssemos decifrar como aquilo havia sido feito, não conseguimos descobrir o segredo. Essa bola, suspensa em um artefato de madeira, era atravessada de um lado a outro por uma haste de madeira bem torneada. Nas extremidades, ficavam entrada e saída. Os circenses diziam que eram os polos da Terra, lugares em que só existia gelo, coisa que a maioria tinha ouvido falar, mas nunca visto de verdade.

A haste era sustentada de forma que pudesse girar a esfera em torno de si mesma e simular o movimento de rotação do nosso planeta. Bambolino dizia que seu grande sonho era acrescentar o movimento de rotação ao redor do Sol para provar para os ignorantes que ele encontrou por onde o circo passou — isto é, em quase todo o mundo — como as estações do ano eram formadas. Ao lado do globo, uma jovem extremamente pálida, com sardas em todo o corpo, cabelos loiros e com uma grande tatuagem de libélula no braço direito, explicava o funcionamento daquela montagem extravagante que imitava a criação divina.

A própria tatuagem de libélula tinha uma história amalucada. Era resultado de um erro de percurso do circo, muitos anos atrás, que os fizera se perder nos pântanos em uma das lagoas das Ilhas Turneffe. No arquipélago, situado na América Central, foram capturados por Edward Teach, mais conhecido como Barba Negra, que, apaixonado por ela, salvou-a de um crocodilo que a faria de banquete do dia.

A paixão de Edward foi despertada devido ao ar melancólico da moça e, principalmente, por sua pele extremamente clara — novidade em solos caribenhos. Como forma de demonstrar esse amor, ele quis tatuar sua bandeira de pirata nas costas dela, mas a moça foi salva por uma libélula gigante, que a levou pelo ar e permitiu que todos do circo a seguissem por terra, fugindo, assim, do atolamento no pântano e do cativeiro em que tinham se metido. Quando já estavam em terra firme, a enorme libélula a libertou e fixou-se em seu braço uma tatuagem do inseto que significava liberdade. Acontecimento que levou Barba Negra, ao perder seu amor, e por despeito e vingança, a roubar um navio francês e rebatizá-lo de *Queen Anne's Revenge* e aprontar horrores nos mares.

Ela, muito orgulhosa, ficava ao lado daquela monstruosidade construída, para mostrar aos incrédulos os segredos da noite e do dia, mesmo que ainda não fosse capaz de explicar as diferentes estações do ano. A moça fazia questão de mostrar sua tatuagem e, sempre que alguém demonstrava interesse por aquele desenho em forma de libélula, começava a contar as histórias de Edward Teach, por quem tinha se apaixonado por algum tempo, mostrando os pontilhados desenhados sob o globo, nas regiões dos mares, como sendo os lugares para onde tinha viajado ao lado do Barba Negra em lua de mel contínua. Explicava que todo esse amor acabara devido a uma história boba sobre tatuagens, pois ela não queria a bandeira pirata que Barba Negra teimava em tatuar em suas costas para mostrar que era seu dono. Por isso, quisera um símbolo de liberdade como era aquele inseto, de modo que seu sonho foi realizado pela maior libélula que ela já vira, que refletia mais seus sentimentos românticos e seus sonhos de adolescente. Depois desse arrebatado amor mal escolhido, ela retornava ao sonho atual, explicando aos curiosos como funcionava aquela engenhoca.

Além disso, ela esclarecia como o mundo nos sustentava sem que caíssemos para fora, trazendo uma explicação amparada por cálculos matemáticos desenvolvidos por um inglês que, ao dormir sob uma macieira, foi acordado por uma maçã caindo em sua cabeça. Ao perceber que o fruto poderia ter subido e não caído, fez de tudo para entender por que não era possível subir, mas sim cair — como todas as coisas que sobem acabam caindo. Isso ele chamou de Lei da Gravidade. Sua explicação foi tão bem fundamentada em cálculos irrefutáveis até para os cientistas da época, e causou muita confusão.

Bambolino, o palhaço do circo, rindo à socapa, dizia que os sábios inventores, autores das grandes inteligências e invenções da história humana — às quais ele chamava de "teorias das maçãs" — tinham como hábito serem preguiçosos. Segundo ele, não fazer nada estimulava o pensamento, citando, além da gravidade, a descoberta das leis da hidráulica por um homem que estava relaxadamente tomando banho, ou a da energia estática por outro que estava brincando de empinar papagaio. Bambolino, então, arrematava suas ideias de forma que me parecera desrespeitosa, dizendo que o próprio Cristo, mesmo sendo filho de marceneiro, nunca havia pregado um prego sequer. Isso eu não pude perdoar, o que deixou o palhaço casmurro, me olhando atravessado.

Nessa bola, representando a "Mãe Terra", o pessoal do circo havia desenhado os continentes, que eram conhecidos por contornos estabelecidos a partir de mares navegáveis, os quais cobriam a maior parte da esfera, mostrando, para o assombro dos habitantes de Nova Ilusão, que o mundo tinha muito mais água do que terra em sua superfície. Com linhas pontilhadas, também desenharam as rotas que o circo percorrera, ilustrando seus números burlescos.

O circo conseguiu mostrar tudo isso com tamanha credibilidade que foi um sucesso no povoado. A maioria dos habitantes nem imaginava algo assim. Para muitos, a Terra era plana, ficando abaixo do Céu e acima do Inferno — uma ideia muito mais fácil e crível de se entender, pois haviam aprendido que, para pedir perdão a Deus, deveriam olhar para cima e, consequentemente, o Inferno deveria estar logo abaixo.

No entanto, para eles, o que importava era o que conheciam, vendo e sentindo. Não tinham vontade de conhecer qualquer outra coisa além das que estavam ali mesmo, ao alcance da mão, da visão e do cheiro que emanava da mata, que os envolvia diariamente conforme o clima. A natureza e as plantações estavam presentes, e a vida não precisava de questionamentos além das coisas relacionadas ao dia a dia. Tampouco sentiam necessidade de atravessar uma enormidade de água para encontrar um novo mundo e, menos ainda, de abstrações espirituais e filosóficas emprestadas de pensadores estrangeiros — que tanto consumiram o Coronel Broussard, a mim e Feliciano — não interessavam nem a eles nem aos xerentes — que viviam atrás da Serra e tinham seus modos de viver.

Esses conceitos de vida, simples e oriundos da mata onde viviam, eram passados de geração a geração por meio de histórias contadas pelos mais velhos ao redor de uma fogueira. O nascer do sol, a chuva, a mata e seu aroma, as plantações, os animais domésticos e os nativos eram suficientes para a felicidade. O Céu era esse lugar. E o Inferno? Não se davam conta disso. Como manter essa filosofia simples? Era a grande pergunta que importunava o Coronel, a mim e Feliciano. E outra grande questão: por que não viver simplesmente os conceitos do "Deus de Spinoza" em sua plenitude?

Spinoza, um filósofo holandês nascido em 1632, em suas obras, que encontramos na biblioteca do Coronel, apresenta a ideia de que Deus é a natureza, argumentando que Ele não é um ser pessoal, mas sim a substância única da realidade. Para ele, tudo o que existe é uma manifestação e acontece de acordo com as leis da natureza. Esses conceitos destacam a visão única de Spinoza sobre a metafísica, a ética e a psicologia humana.

Penso que era o que aquele povo procurava acreditar mesmo sem conhecer o autor. A simplicidade deles criava isso.

Quando Feliciano viu o globo representando nosso lar no espaço, ele exclamou:

— O Inferno sumiu junto com o Céu!

— Como? — perguntei.

— Ora, se é uma bola, não pode haver nada acima, nem abaixo, então ou o Inferno sumiu, ou o Céu... logicamente sumiram os dois. Não era assim o conceito que os mais velhos ensinavam? Quando rezamos, olhamos para cima na direção de Deus e para baixo quando pensamos no Inferno?

Virei para Bambolino, que se tornara nosso amigo, e perguntei:

— Você sabia disso?

Ao que ele me respondeu não com as habituais palavras monossilábicas de sempre, mas com um palavrório repentino, destravado por um sentimento afetivo de ordem moral e intelectual:

— Pitágoras e Eratóstenes de Cirene foram pioneiros, penso eu. — E continuou: — Em 1533, o matemático e astrônomo polonês Nicolau Copérnico publicou sua grande obra sobre *As revoluções dos orbes celestes*.

"Ele defendia o heliocentrismo, teoria de que a Terra gira em torno do Sol, e não o contrário, como afirmava o geocentrismo. Essa teoria foi defendida e desenvolvida por Galileu e seu contemporâneo Johannes Kepler, que descreveu a trajetória elíptica dos planetas. Esses trabalhos culminaram na Teoria da Gravitação Universal, formulada por Isaac Newton que, por coincidência, nasceu em 1642, no mesmo ano da morte de Galileu, como se fosse uma vingança do destino.

"Isso porque a santa Inquisição já começara a agir, obrigando-o a se retratar para não ser queimado na fogueira. Esses conceitos quebrariam o axioma-base da dualidade Céu e Inferno: o Céu está acima e, portanto, quando queremos falar com Deus, erguemos o rosto, imaginando que o Inferno fica sob nossos pés, o que somado ao conceito de alma imortal, forma o cerne de todas as religiões."

E calou-se de repente, como se estivesse exausto em explicar algo que todos deveriam saber, mas que ignoravam por preguiça ou medo de que a sabedoria fosse um fardo muito difícil de carregar. Concordei. É muito mais fácil aos ignorantes seguir dogmas estabelecidos do que questionar. O questionamento tem três fases: a primeira é ainda não ter a resposta; a segunda é encontrar a resposta, o que não é fácil; já a terceira é acreditar ou não na resposta. Mas, se não conseguimos acreditar na resposta, geram-se conflito e angústia, que podem fazer mal para a alma.

Conversamos muito sobre isso na biblioteca do Coronel. Emerinha, que nos acompanhava, sorria dentro de sua singeleza de espírito e perguntava: "Para que tudo isso?". Era feliz com pouca coisa e vivia rindo o tempo todo.

— Você conheceu todas essas pessoas que citou? — perguntei a Bambolino, que se calou, nos deixando embasbacados.

O conhecimento de Bambolino parecia tão antigo que remetia à ideia de uma interpretação de conhecimento universal, formado por sensações, percepções e opiniões, todas projetadas em uma única pessoa.

E Bambolino continua:

— O ponto de partida para a explicação por meio da razão foi Sócrates, que abandonou o critério do dogmatismo e criação de "mitos" como o único meio de explicação dos objetos e fenômenos. A primeira forma de conhecimento humano foi a interpretação pelo conhecimento universal, embora o dogmatismo ainda viva com força dentro das religiões, que construíram um avatar, encarnações de um deus, como Vixnu, um Deus indiano, que representa a transformação e a metamorfose, ou Jesus que, segundo João, é descrito como o "verbo que se fez carne" (João 1:14) e como a "imagem do Deus invisível". Ele é considerado o avatar de Deus na Bíblia, pois representa a manifestação divina na forma humana, mas os pensadores da religião insistem em dizer que Deus fez os homens à sua semelhança o que, para mim, é muita pretensão.

"E os sacerdotes, que pertencem às várias ordens, souberam fazer bom uso disso para se autodeclarar intermediários entre a Terra e o Céu, de como são capazes de convencer Deus de nossos pecados, e perdoar em nome Dele.

"Condição que existe desde tempos imemoriais: surge um indivíduo, entre tantos outros, com carisma e capacidade oratória, desenvolve um avatar, estabelece dogmas e logo se torna amigo íntimo dos deuses. Então, começa um culto que promete vida eterna e felicidade.

Felicidade esta que não alcançaram no paraíso terrestre, mas em algum lugar no mundo imaginável dos humanos. Caso algum "milagre" possa ser acrescentado aos seus dotes oratórios, melhor ainda. Em qualquer sociedade, desde o início dos tempos, quem sabia falar tornava-se um sacerdote ou um... político?

"Trata-se dos dois mundos que os seres humanos habitam: um material, que conseguimos sentir, cheirar ou ouvir, portanto, possível de ser verificado pelos sentidos físicos, e outro, imaterial, não verificável e não palpável, que vive na imaginação e permite que nada tenha limites tangíveis, elevando o pensamento ao infinito. Afinal, tudo o que é imaginável pode ser verdadeiro, e surgem os conceitos que desafiam a realidade material: alma imortal, Céu, Inferno, reencarnação, transmigração e até outros mundos não verificáveis. Conceitos esses que ficam a critério da criação de um avatar próprio, sem limitações ou outros métodos de comprovação."

— Onde aprendeu isso? — pergunto a Bambolino.

— Eu vi acontecer — ele responde.

Na ocasião, tentei perguntar outra vez sua idade e recebi o silêncio; talvez eu nunca fosse saber a resposta.

O povoado era tão novo, Cristiano, que além do desconhecimento das plantas da mata, os conceitos sociais eram difíceis de serem explicados aos mais jovens, que eram semelhantes a indígenas e também viviam alheios a muitos conceitos criados no mundo imaterial do ser humano, como Inferno, paraíso, Céu, purgatório e pecado. Mesmo aquilo que era ruim no mundo material não era conhecido, como roubo, cadeia, traição, brigas, mentiras, pois precisam de exemplos para serem entendidos completamente, ficando apenas no mundo imaterial que nós, humanos, somos capazes de imaginar. Portanto, a escolha entre esses dois mundos dependia do agora. Se houvesse solução para o mundo material, ela seria a primeira utilizada; no caso de sua ineficiência ou impossibilidade, apelar-se-ia ao mundo imaterial comum entre os humanos, que gera conflitos como raiva, ódio, amor. *Os sete pecados?*

O amor, um conceito universal difícil de definir e que pode levar a catástrofes inimagináveis, flutua entre esses dois mundos. O amor por uma religião já deixou enormes rastros de destruição, como guerras e assassinatos pela fé. Até mesmo nas relações entre humanos — seja por ciúmes, traição, incompatibilidade de gênios ou inconformismo sexual. Quando o amor se perde e acaba, o que sobra são destroços.

A dor de amor, que muitas vezes é usada para justificar tantas coisas ruins, em Nova Ilusão nunca havia gerado conflito.

Eu, o Coronel e os demais pais fundadores da vila definimos, como regra obrigatória — sujeita à expulsão em caso de descumprimento — que não houvesse brigas, por qualquer razão. Quanto ao amor, deveria haver a aceitação de qualquer um, de modo que as mulheres tivessem maior autonomia, sim era sim, não era não, e acabou.

Apenas dois casos fugiram do normal, mas o Coronel aceitou para si o que queria para os outros. Você vai entender, Cristiano. Dois pequenos desvios, Cristiano, envolvendo sua mãe e Emerinha, porque nada é perfeito.

Foi logo quando o circo apareceu em Nova Ilusão que se iniciou toda a confusão. Os tambores rufavam, o trapezista se equilibrava sobre o trapézio improvisado, o único animal — um elefante vagaroso e muito velho — andava devagar, cauteloso em cada passo. Havia também um conjunto de palhaços ou histriões fazendo brincadeiras com as crianças. Mas o número que mais agradou a Feliciano Firmino foi o chamado "Um-palhaço-na-escada-segurando-uma-lata". O palhaço se equilibrava em uma escada enquanto realizava muitas peripécias com a lata, fazendo que o simples se tornasse cômico. Esse palhaço era Bambolino.

Segundo a cigana que lia mãos e previa o futuro, ele era originário da Itália — onde se iniciou sua arte circense. No entanto, quando perguntei à cigana sobre meu futuro, ela riu até engasgar-se, mas não quis explicar o motivo de tanto riso, o que me deixou ainda mais preocupado. Embora eu tivesse medo de tirar mais dúvidas sobre o amanhã, não me contive e perguntei o que iria acontecer com nosso povoado. Em resposta, ela me olhou muito assustada e sussurrou: *"O vento"*. Assustado, saí correndo e resolvi não contar para ninguém o ocorrido. É um terror saber meias-verdades, já a ignorância, por outro lado, é muitas vezes uma bênção, pois não causa dor...

Depois disso, Bambolino tornou-se um amigo. Certo dia, foi à igreja visitar Feliciano e a mim. Sua aparência, sem a roupa de palhaço, era de um ancião. Tinha a pele toda enrugada e era muito magro, de modo que parecia impossível que fosse capaz de fazer as acrobacias que realizava em cima de uma escada no picadeiro do circo. Perguntamos em qual circo da Itália ele havia aprendido tudo aquilo, ao que Bambolino respondeu:

— Circo Máximos. Meu número era antes dos gladiadores, e fazia muito sucesso, principalmente porque apostavam quanto tempo eu demoraria para cair.

Ficamos de boca aberta, mas não discutimos. Ele se referia a dois mil e trezentos anos antes! Bambolino não pareceu se abalar e continuou relatando sua convivência com o Exército romano, quando aderiu ao mitraísmo. Também nos contou que viveu com as hordas mongólicas, aconselhando o próprio Kublai Khan, e que tentou ser admitido pela Ordem dos Templários, mas acabou se tornando palhaço de circo. Seu conhecimento de fatos históricos decorria de muitas viagens, já que ele nos explicou que podia se deslocar no espaço sem envelhecer, o que deixou Feliciano quase duas semanas fechado em sua sala fazendo cálculos matemáticos. Cálculos que Bambolino havia aprendido com professores árabes e ensinado a Feliciano. Após tantas equações, o rapaz me chamou todo entusiasmado, mostrando-me um sem-fim de rabiscos matemáticos na parede do seu quarto, para dizer: "Se Bambolino não mentiu sobre sua capacidade de viajar como um lampejo de luz de um lugar para outro, ou seja, veloz como a luz, ele seria capaz de rejuvenescer ou envelhecer, pois, de acordo com essas fórmulas matemáticas que criei, o espaço e o tempo estão interligados".

A conclusão a que Feliciano chegou sobre essa possibilidade, a meu ver, passou um pouco dos limites do razoável, mas ele teimou comigo que era possível. Jurando que algum dia ele ou outra pessoa seria capaz de provar com fatos e não apenas com matemática.

Certo dia, após o aparecimento do amansador de cavalos e burros no povoado, eu estava sentado nos degraus da igreja e Bambolino apareceu. Estava mais moço, suas rugas tinham melhorado, e eu brinquei:

— Achou a fonte da juventude, Bambolino?

— Não, engordei. Já reparou, padre, que um velho muito magro é mais velho que um velho gordo? — E me chamando de lado, falou: — Frei Barbudo, eu estou de passagem e já vou. O circo me espera muito longe daqui. Passei só para avisar: vai dar confusão.

— Que confusão? — perguntei.

— *O amansador de burros* — sussurrou bem perto do meu ouvido, em tom de mistério. — Agora preciso ir — se despediu com o dedo nos lábios, como que pedindo silêncio e sigilo.

Essas aparições sempre me traziam preocupação, era como se um... "espírito" viesse me avisar sobre uma catástrofe próxima, pois ele sumia do povoado e aparecia de vez em quando. Fiquei a meditar sobre o que raios seria aquilo que ele me disse.

Sim, Cristiano, depois nós entendemos sobre o que era.

Bambolino disse, em nosso primeiro encontro, que seu número principal era desaparecer de um lugar e aparecer em outro e que, em princípio, não tivera muitos problemas. Mas, ao realizar isso em público durante a Inquisição Espanhola, foi acusado de feitiçaria. E só não acabou na fogueira devido a essa capacidade — pois desapareceu. Foi assim que virou palhaço, alegando que a humanidade não estava preparada para aceitar paradoxos que precisassem de explicação mais complexa e, portanto, como palhaçada não exigia muito intelecto, sua vida ficou mais tranquila. Mesmo assim, de vez em quando ele aparecia para nos dar notícias do mundo lá fora. Ninguém sabia como e quando ia aparecer.

Curioso, perguntei se ele poderia aparecer dentro de uma casa e depois sair sem quebrar as portas. Ele disse que sim. Então, questionei-o se não seria vantajoso ele roubar alguma casa, mas ele disse que não, pois não conseguiria sair. O fenômeno só acontecia quando a alma tinha intenções puras.

O Coronel Broussard, que nessa hora estava conversando comigo, me olhou de relance e disse:

— Como conseguiram nos achar? — referindo-se ao circo. — Vai dar confusão, vão levar a notícia adiante e não teremos paz.

Dito e feito. O circo levaria mundo afora o nosso modo de vida e, logo, a ganância, o despeito e a inveja de vários donos de grandes extensões de terra chegariam para tentar nos atacar.

Mas, voltando depois do nosso passeio pelo circo, eu e Feliciano fomos assistir a uma missa celebrada por um padre de verdade, que parecia ser da Ordem Franciscana. Ele teve o bom senso de traduzir para o português todas as citações de apóstolos da homilia, além de falar sobre os animais e a nossa responsabilidade com eles.

As missas eram sempre celebradas em latim, e Feliciano me perguntou o porquê.

— Não sei, essa é a linguagem dos padres... Talvez Cristo tenha ordenado que rezassem assim.

— Mas Cristo falava aramaico — insistiu Feliciano, que, me olhando, continuou: — As suas missas são mais claras e muito mais fáceis de entender.

É claro, eu não sei latim, pensei. E começou novamente aquela mente interrogadora, que não aceitava nada que não tivesse lógica. Eu, já cansado de tentar responder, não tinha mais vontade de ouvir aqueles questionamentos. Mas de nada adiantava.

— Por que não falam o que todos entendem como esse padre falou um pouco? Falar sobre a filosofia de Jesus em uma língua que ninguém entende... Em latim? Eu estou querendo saber.

Lutero, aqui?, pensei. Dez anos e já queria entender o que ninguém compreende até hoje! E começou a pensar em voz alta como sempre fazia, e eu não conseguia parar.

— Entendo que rezar em latim é muito bom, porque se ninguém entende nada, não há discussão. Além disso, esse palavrório estranho causa medo. Talvez seja intencional da parte deles... O que não se compreende pode ser mesmo assustador. E o ritual? É muito importante, você viu? Vestes, imagens, música, cânticos... Por que a raça humana precisa tanto de rituais? Aprender sobre Deus não pode ser feito em silêncio? É tão necessário ajoelhar e movimentar as mãos em cruz? Eu fico pensando muito, será que todas as religiões agem assim?

— Agem, hoje eu sei. Das andanças que participei, todas as formas de adoração do mundo invisível e não verificável são formadas por rituais de danças, músicas e gestos, como ajoelhar, deitar e movimentar as mãos. Indígenas, africanos... E, pelas leituras dos livros do Coronel Broussard, parece que, desde a origem da humanidade, tanto nos conceitos religiosos quanto nos científicos, só muda a forma como evolui nossa capacidade de transformar a natureza. Se no início batiam em troncos para produzir sons, hoje batemos em bumbos e usamos instrumentos de corda e sopro, uma grande evolução! Um observador assistindo a um ritual religioso pode ficar emocionado, mas um surdo poderia pensar em um movimento de doidos.

Feliciano de Mendonça arremata:

— No entanto, esse padre errou muito, seu latim não é bom. Ele errou muito, parece uma bagunça de fé misturada com nada, dizendo coisa nenhuma. Pelo menos, em sua primeira missa, o latim que eu te instruí a usar era correto.

Que maldade dessa criança. Esse é Feliciano, uma anormalidade que nasceu nesse interior do Brasil. Tinha só dez anos e já corrigia o pai-nosso do vigário.

"A morte não se manifesta de forma tão ambígua quanto o nascimento e a vida." Fiquei repetindo essa frase para mim mesmo quase todo dia, Cristiano. Foi ela que ficou gravada intensamente em minha mente naquela manhã em que Feliciano Firmino estava para morrer. E, quando resolvi começar a contar a história desse povoado ela passou a martelar a minha mente sem parar. Não sei, mas penso que isso pode resumir a vida que tentamos viver — todos aqui em Nova Ilusão.

Sim, Cristiano Broussard de Albuquerque, eu sou o último sobrevivente. Sim, se essa vida atual pode ser considerada vida, já apresento os sinais que mostram o início do fim: dores nas articulações, a visão esfumaçada e a memória pregando peças que me fazem rir. Ainda na semana passada, comecei a conversar com um dos moradores da fazenda sobre um fato que aconteceu há muito tempo, mas não lembrava seu nome nem o que tinha comido no dia anterior.

Sobrevivi a um movimento social que achávamos um dos mais importantes para nossas mentes inexperientes. Naquela época, éramos jovens, éramos valentes, éramos burros. O movimento era a favor do planeta, a Mãe Terra, que tanto os antigos pensadores gregos quanto os indígenas de nosso sertão e os escravizados que vieram da Mãe África aprenderam a respeitar quando lá viviam livres. Ao contrário de muitos que aprenderam que a Terra existe para nos servir e ser destruída. Feliciano Dante de Mendonça pensava que esse sentimento nascera com a criação do Deus único. E talvez baseado em Gênesis: "Sede férteis e multiplicai-vos! Povoai e sujeitai toda a terra; dominai sobre os peixes do mar, sobre as aves do Céu e sobre todo animal que rasteja sobre a terra!". Nós interpretamos literalmente essa determinação que não veio de Deus, mas dos homens, acreditando que Deus é só para os homens e que o resto das criaturas que Ele criou nos são descartáveis.

Mas os indígenas e os africanos não pensam assim; lembro que Feliciano me falou isso em conversas passadas. "Eles protegem a floresta e vivem em harmonia com ela. Isso de destruir é obra de europeus — devido ao inverno no hemisfério norte. Eu já havia falado isso para você", concluíra. Mas depois eu explico essa história do frio, Cristiano.

Esse movimento que surgiu entre nós, liderado por Feliciano, tentou um meio caminho entre a teoria do pajé xerente e o pensador francês Voltaire. Isso mesmo,

Cristiano. Vou explicar mais uma vez o que era inexplicável para tantos e tão simples para nós.

O pajé nos disse várias vezes que, se o homem não tivesse aprendido a lidar com os metais — época que ficou conhecida como "idade dos metais" — seríamos em menor número nesse planeta, mas mais felizes. E Voltaire, em *Cândido, ou o Otimismo*, ao narrar a chegada de Cândido e Cocambo à terra de Eldorado, concluiu que tudo de bom que existia ali era devido à não chegada da civilização, com suas religiões e contratos sociais. Quando lemos esse livro na biblioteca do Coronel Broussard, essas ponderações filosóficas começaram em nós a mudança e a vontade de deixar a vida menos ambígua.

Mas vou explicar melhor durante o relato, e você vai entender, Cristiano Broussard, que tentamos responder com uma ação ao que nunca deveria ser mais que um sonho de tantos sonhadores que já existiram, a começar por seu padrasto, o Coronel Broussard.

Eu vou continuar contando o que já contei várias vezes para outras pessoas que se interessaram. No entanto, tenho medo de ir mudando os fatos e, de tanta repetição, acabar virando outra história, pois já vi isso ocorrer mais de uma vez. Um fato, de tão narrado, acaba se transformando em outro, por isso, acredito na importância da anotação. Se bem que isso depende muito de quem anota, apenas se feita por um íntegro a narrativa será verdadeira.

— Quantos fatos históricos são alterados e violentados pelos interesses dos historiadores? Inclusive, e sobretudo, pelas religiões... O cristianismo mesmo passou a ser o maior inimigo de Cristo quando passou a interpretar seus ensinamentos em favor próprio — disse Feliciano, ainda no meu colo, sangrando.

E eu respondi:

— Sim, concordo, mas não vamos começar a filosofar agora que você pode morrer.

— É uma boa hora — respondeu Feliciano.

Conto a você, Cristiano, e à posteridade o que ocorreu nesse povoado de Nova Ilusão. Vou iniciar pelo fim, narrando como foi a morte de Feliciano Firmino Dante de Mendonça; depois, contarei sobre sua vida e o início de Nova Ilusão. Penso que essa sequência reflete o que mais marcou minha memória, e é assim que quero contar.

...

A PESCARIA

No dia em que ele morreu, decidimos ir pescar em um riacho que contornava a Pequena Serra, passando perto da colônia da fazenda do Coronel Broussard — que era a fazenda de todos —, desaguando em um rio maior a poucos quilômetros dali. Eu gostava de pescar lambaris e, tendo me levantado antes do nascer do sol, chamei meu amigo Feliciano Firmino Dante de Mendonça. Fomos a pé em direção ao pequeno córrego. Não que Feliciano Firmino fosse pescador, ele não matava nenhum tipo de animal desde que presenciou a observação de Emerinha sobre a anatomia dos porcos — isso foi há muito tempo, quando ele era ainda muito jovem. No entanto, como Feliciano vivia grudado em mim e eu nele, gostávamos muito de ir a esse lugar. Muito mais do que pescar, era um prazer observar a mata, que ainda era densa, sentir o rio correndo em direção à floresta, onde se misturava ao destino da natureza e, sobretudo, ficar conversando — conversas sem compromisso, recordando os dias de tantos acontecimentos.

Era uma manhã de primavera no sertão, e os primeiros raios de sol começavam a aparecer no alto de um monte que os habitantes do lugar costumavam chamar de "Pequena Serra". Tudo que se referia ao entorno desse lugar era dito assim: atrás da Serra, ao pé da Serra, depois da Serra e assim por diante.

Eu pilheriava com Feliciano Firmino Dante de Mendonça sobre a arte da pescaria, explicando como fisgar o lambari — um peixe esperto que precisava de jeito para ser pego.

— Preste atenção, Feliciano. Deixe a linha seguir a correnteza do rio e, quando perceber que ela mudou de lugar, dê uma puxada leve na vara. Assim! Fiz um leve movimento tentando fisgar o peixe, que movimentava a linha, e errei, percebendo que o peixe escapara. Feliciano Firmino começou a rir da cara de frustração ao ver que fui enganado por aquele pequeno e esperto animalzinho.

— Acredita no Céu? — perguntou Feliciano.

E eu, tomado de surpresa pela mudança do rumo da conversa, respondi:

— Céu de quem?

Ele riu, entendendo minha pergunta:

— É verdade, frei. Nós temos um Céu, os xerentes têm outro e os iorubás também têm o seu. Mas se todos acreditam em um Céu, mesmo que diferentes entre si, ele deve existir — respondeu Feliciano.

Fiquei desconfiado, percebendo que ele sabia que eu, um padre, não acreditava nisso, mas resolvi deixá-lo sem resposta, o que é mais um pecado meu.

Nesse momento em que falávamos sobre o Céu, ouviu-se um estrondo que parecia ter iniciado no alto da Serra e vinha aumentando até chegar à ribanceira em que estávamos sentados. Quando comecei a procurar de onde vinha tamanho barulho, vi meu amigo caído, com sangue que começava a aparecer em seu lado direito, à altura do peito e das costas, mostrando que a bala havia atravessado seu corpo. Com a experiência de meus idos passados, percebi a gravidade da situação e entendi que aquele estrondo incomensurável havia partido de uma carabina tipo Minié, de fabricação belga, utilizada pelo Exército imperial na Guerra do Paraguai. Feliciano, achando que algum pelotão resolvera finalmente invadir Nova Ilusão, supôs que algum soldado havia atirado em nossa direção.

Todavia, o barulho de um tiro único, seguido de silêncio, como se o mundo houvesse parado, fez com que ele tivesse uma certeza: aquele tiro solitário tinha vindo de longe, como outros endereçados a Feliciano, certamente disparado por um fuzil de uso do Exército, o que parecia muito mais uma tocaia a mando dos coronéis.

Nunca consegui entender a intensidade do estrondo, ouvido pelos habitantes de Nova Ilusão, pelos indígenas que moravam ao pé da Serra e que chegou como um murmúrio até a capital da província, com o eco que se repetiu por muito tempo, como se quisessem reproduzir aquela morte várias vezes. Fiquei olhando para o buraco que parecia exatamente igual àquele que me convertera em padre e, sem saber o que fazer, abracei Feliciano, aconchegando-o em meu colo. Disse que ia chamar o doutor Guaspar, mas Feliciano interferiu:

— Para quê? Ele vai citar alguma frase em latim e mandar chamar o padre, como sempre faz, e você já está aqui. Vai ver na cara dele a frustração quando souber que antecipamos sua conduta.

— Eu não sou padre coisa nenhuma, Feliciano. Você sabe — disse, cheio de desespero.

— Você é mais padre que muitos padres: *habitus facit monachum*.

Rimos do provérbio invertido. Realmente, o hábito havia feito o monge — isto é, eu. Desde que vesti aquele hábito perfurado por um tiro, senti que dentro de mim ocorrera uma mudança — as coisas da alma começaram a ter mais importância.

— Vou levá-lo para Nova Ilusão, para a casa do Coronel Broussard, e vamos ver se conseguimos remendar esse buraco — falei, sabendo que o estrago das balas Minié não tinha cura fácil. Essas balas, inventadas pelo capitão Claude-Etienne Minié, do Exército francês, permitiam matar a longas distâncias. Eu as conhecia bem, pois as usara muito em tempos remotos. Sim, Feliciano Firmino Mendonça, um fuzil igual ao que o Coronel Broussard pendurara na parede. No entanto, apesar de minha descrença, tinha esperança em um milagre que salvasse sua vida, essa ocorrência extraordinária que a natureza não explica, mas que todos esperam como a última possibilidade: "a presença de Deus".

Qual Deus? Todas as culturas de que tomamos conhecimento, fosse pessoalmente ou pelos livros do Coronel

Broussard, tinham, ou têm, seu próprio Deus. Para os xerentes é um, para os iorubás é outro, e tem sido assim desde o início da humanidade. A necessidade que nossa imaginação tem para criar alguém que nos proteja da parte verificável da nossa existência e da parte não palpável e mensurável do nosso mundo. Somos os únicos seres vivos que vivem em dois mundos: um que podemos tocar, sentir, ver, cheirar, palpar, mensurar; e outro, imaterial, imaginável, não palpável, não mensurável, que leva nossos pensamentos para qualquer lugar. Também somos os únicos que podem manter lembranças e imaginar o futuro. Uma bênção ou um castigo?

Estranha hora para lembrar de um trecho do Deus de Spinoza, ou talvez uma boa hora, quem sabe. Spinoza nos descreveu um deus bem diferente daquele que as religiões tentam nos ensinar. Essas religiões criaram deuses que, como criadores do Universo, devem ser adorados e obedecidos, sob pena de castigos. Forças que não perdoam, mas punem com tormentos aqui na Terra e, mesmo após a nossa morte, com os castigos mais cruéis, como queimar por toda a eternidade.

Bem diferente do que querem que acreditemos. Eu tinha esperança porque estávamos exatamente onde esse Deus de Espinoza nos ensinava — no meio da natureza pura.

— Não — respondeu Feliciano. — Não vou ao povoado. Quero ficar aqui, não precisa assustar os demais. Quando tudo acabar, me enterre como você sabe que eu sempre quis, na mata.

— Nada vai acabar — eu disse.

Enquanto ele ia perdendo o sangue que lhe mantinha a vida — como aprendera com as gravuras da *Machina*

Corporis, de Vesalius —, foi lembrando de situações que a vida lhe havia reservado. Situações que, segundo ele dizia às vezes, quando nos referíamos à sua inteligência e sabedoria: "Eu não sou um sábio, nem inteligente, mas uma extravagância da natureza".

Naquele curto espaço de tempo que pareceu a nós dois toda uma eternidade, Feliciano, em meio ao turbilhão de memórias soltas, lembrava de seu nascimento, do aprendizado de tantas filosofias, das viagens pelo mundo e da inutilidade de tudo isso na maior interrogação de sua vida: "Onde ficava a alma?". Lembrou-se, ainda, dos vários momentos que eu e ele tínhamos passado juntos e das inúmeras discussões sobre espírito e a alma, que iam desde Aristóteles a Tomás de Aquino, passando pelos conceitos iorubás e xerentes. Feliciano Firmino Mendonça soltou um suspiro e falou como para si mesmo:

— Depois de tantas tentativas de acabarem comigo, seis contando com esta, me acertaram agora que tudo estava em paz. Quem entende essa merda de vida?

E eu, confuso e desesperado, comecei a me lembrar do que o avô do Coronel Broussard costumava dizer quando falava de sua própria vida: "A liberdade, a igualdade e a fraternidade entre todos os seres vivos da natureza nunca estarão presentes, pois isso tudo é antinatural, assim como nossos atos não são garantias de nada", e comecei a palermar:

— Eu matei, roubei, pequei e estou aqui me fingindo de padre, sou mais velho que você e sou obrigado a vê-lo morrer enquanto fico com meus pecados. Já você, que nasceu com uma mente única e tanto fez pelos outros, pode morrer por um tiro dado por algum imbecil usando uma droga de uma geringonça feita para matar gente. Matar para quê? Merda!

E Feliciano Firmino Dante, com um olhar tranquilo, que parecia ir além da mata e além da vida começou a falar com voz calma:

— Essa minha inteligência, que não se transformou antes em sabedoria e me fez ler tanto sobre os conceitos filosóficos e religiosos, serviu nesse momento para uma coisa. Cheguei à conclusão de que tanto faz morrer jovem ou velho, sábio ou ignorante, doente, com dor ou sem dor. A morte não tem memória. É estranho, está me doendo o corpo, mas não a alma. Será que minha inteligência já atingiu a sabedoria? Além disso, estou me lembrando de toda a minha vida, e só das coisas boas, e a sensação é ótima.

Nessa parte, eu explico a Cristiano como eu e Feliciano Firmino Dante entendíamos a diferença entre esses dois conceitos.

Inteligência é a capacidade de aprender e manejar o aprendizado, como, por exemplo, a capacidade que o homem tem de mudar a natureza. Já sabedoria é a capacidade de entender se essa mudança é boa ou má. Mas vamos continuar, depois podemos voltar a esses conceitos.

Ele me disse que começou a recordar vários momentos de sua vida. Dentre tantas lembranças, uma parecia se evidenciar: o momento de seu nascimento.

Ele me falou que lembrava do seu nascimento e que, ao sair de dentro de sua mãe, sentiu, junto do medo e da angústia, o peso de saber que, dali em diante, teria que procurar a disposição afetiva, a determinação de ser livre e a razão da existência. E me disse:

— Sabe, frei, senti mais medo naquele momento do que agora.

— Como pode ser isso? — perguntei. — Ter mais medo do nascimento do que da morte?

— Sabe, frei, agora, se eu morrer, não terei mais a livre escolha, será a vida eterna ou não. Imagine como é mais fácil do que nascer. Não gera a mesma angústia, pois a morte não se manifesta de forma tão ambígua quanto o nascimento e a vida. Parece que estou nascendo ao contrário — disse Feliciano. E continuou: — Ninguém faz o mal voluntariamente, mas por ignorância, pois a sabedoria e a virtude são inseparáveis — terminou, trazendo à tona o paradoxo socrático que eximia o autor do disparo.

Até nessa hora de angústia, Feliciano de Mendonça teimava em acreditar nos clássicos que tanto o guiaram na busca por resolver as angústias que o acompanhavam desde o nascimento.

E eu, procurando estancar aquele sangue que fluía em direção ao rio, mas não se misturava com a água, continuava a acompanhar a correnteza, na esperança de que assim fosse possível impedir que aquela alma — que saía por buracos feitos por uma bala criada por um francês que se orgulhou de inventar algo que matava com mais precisão, como se matar não bastasse — fosse levada para algum lugar e não se deixasse perder junto à natureza. Praguejei como sabia praguejar antes de me tornar padre e murmurei junto à cabeça de Feliciano Firmino Dante de Mendonça, que ele apertava contra o meu peito.

— Diabos, Feliciano, você não poderia ter simplesmente dito: "Eles não sabem o que fazem?".

E comecei a gritar na esperança de que alguém pudesse me ajudar a segurar sua vida. Vida esta que ia se esvaindo lentamente por um fio de sangue, descendo pelo rio e seguindo a correnteza sem se misturar com a água, como que mostrando o caminho que a alma imortal estava seguindo, sem se misturar com os órgãos que haviam abrigado aquela alma nem com nada físico do mundo palpável. Em seguida, o cheiro dos cigarros de palha de Emerinha começara a emanar, como se fosse o espírito que os indígenas xerentes acreditam acompanhar o morto enterrado, ou aquele que os iorubás dizem ir para o Olodumarê, que decide quem são os bons e os maus. Para eles, os bons vão para o Céu bom, voltando para a essência que é o Olodumarê, e os maus para o Céu mau. E que isso depende das ações dos indivíduos na Aiyê (Terra). Ou, depois de serem purgados como prega o cristianismo, vão para o Inferno ou o Céu. Ou ficam pulando de ser em ser — reencarnando? Como pensam os espíritas? Ou a "transmigração", como pensava Pitágoras? Qual é a verdade? Existe diferença entre reencarnação, transmigração ou ressuscitação? Eu, frei Barbudo, penso que nunca vamos entender o mundo imaterial que vivemos. Segundo Pitágoras, poderíamos habitar qualquer coisa, animal ou vegetal. Reza a lenda que Pitágoras não comia feijão com medo de comer algum amigo — que maldade da gente daquela época! Ou a alma fica pulando para qualquer ser vivo e também morto, como uma pedra, como entendem alguns orientais? Ou fica reencarnando de ser em ser até encontrar a perfeição? Ou, ainda, como eu penso: não depende de nada e não vai para lugar nenhum o que não existe.

Penso que o medo de morrer é tão intenso que, como sabemos, corre no mundo material, então, sem exceção, procuramos o mundo imaterial para continuar existindo. Vou parar de abstrair e tentar pôr ordem na narrativa, pois já estou me perdendo no espaço e no tempo. No entanto Feliciano morreu ali nos meus braços e fim. Foi enterrado ali mesmo, como ele queria, depois de uma grande homenagem feita pelos habitantes, e ao redor do seu túmulo ficou o cheiro do cigarro de palha de Emerinha como se fizesse parte da natureza.

SANTA DE LOURDES ALMELO

Eu, frei Barbudo, por insistência do filho adotado do Coronel Broussard, comecei a contar, com a ajuda dele e de sua esposa, o que aconteceu nessas paragens anos atrás. Interessante esse filho: tinha tudo para ser bandido, mas é extremamente religioso, honesto e sério. De uma seriedade que irrita até a mim, que sou padre. Sua esposa chama-se Winefred Broussard — uma princesa alemã. Nunca consegui entender como veio parar aqui, mas como eu deixei de buscar lógica nas atitudes humanas há muito tempo, parei de me surpreender.

Cristiano Broussard de Albuquerque era filho de Santinha com o amansador de cavalos que havia aparecido em Nova Ilusão há anos. Santinha era a esposa do Coronel Broussard — uma confusão que explicarei a seu tempo. Se Cristiano Broussard de Albuquerque deixar, ela era — é — sua mãe. Portanto, Cristiano, o filho de Santinha e único herdeiro do Coronel Broussard, quer saber de mim tudo o que aconteceu em Nova Ilusão. Reunimo-nos de segunda a sexta-feira depois do jantar e eu digo a ele minhas lembranças, que não estão muito organizadas, pois, embora eu me lembre de quase tudo, a ordem dos fatos, às vezes, não tem muita lógica. Com a ajuda dele e de sua esposa, tentaremos sequenciar os fatos que, em minha mente, tendem a ser aleatórios.

Vou tentar, com a ajuda dos dois, relatar os fatos que a meu ver são os mais importantes, entre tantos, daquela loucura maravilhosa que nasceu na mente de Feliciano. A minha memória pode não ser totalmente lógica, mas digo a Cristiano que vou relatar do jeito que eu penso que deve ser. Não é fácil dar lógica aos pensamentos na minha idade.

Fico preocupado em contar a Cristiano Broussard de Albuquerque a participação de sua mãe, dona Santinha. Vou ter que falar sobre certos assuntos que precisam de sutilezas e tato, o que não tenho. Algumas coisas ele já sabe pelas fofocas do povoado.

•••

Bom. Você me provocou a contar sobre nosso povoado e agora eu vou contar. Você quer que eu fale logo sobre sua mãe? Vou falar, assim sua ansiedade diminui um pouco.

Sua mãe, Cristiano, era, é, apenas uma mulher que luta contra o mundo dos homens. Não era má de jeito nenhum. Seguiu sua vida como soube seguir. Enfrentou um casamento feito por teimosia e implicância contra sua mãe, que era sua avó, Cristiano, e não por amor. Seu pai, Jeremias, era um homem simples, sem cultura, mas bom de coração. Por consequência de um casamento que era só paixão, não amor, ele se desinteressou um pouco por sua mãe. Você não teve culpa de nada, mas a gravidez e seu nascimento tiveram, por consequência natural, o arrefecimento da paixão.

Santa de Lourdes era vítima de pais que acham que os filhos devem ser o que eles querem e não o que são, principalmente sua avó, Cristiano, que imaginava para a filha um futuro que provavelmente queria para si. Ou "a maldição das bruxas", quando a mãe define quem a filha será. Essa maldição, que vem do início do mundo, começou quando a grande culpada da expulsão do paraíso foi uma mulher e uma serpente, segundo o Gênesis. É possível acreditar nisso? Pois acreditam. Vou contar o que sei da história de sua mãe.

O Coronel Broussard foi quem fundou esse povoado de Nova Ilusão. Seu padrasto, Cristiano, foi quem teve a ideia de vir para esse fim de mundo. Antes de vir, ele tinha combinado com seu amigo Antônio Carvalho que, quando tudo estivesse pronto, ele voltaria e pediria a mão de sua filha em casamento, e tinha que ser Santinha.

Quando o cafezal já estava quase formado e prestes a receber a primeira florada, quando o pasto já tinha substituído uma parte da mata e quando as casas já estavam prontas, o Coronel Broussard começou a pensar na solidão de sua casa, nos arroubos sexuais que ele tinha que aplacar sozinho e começou a pensar em Santinha, a filha de Antônio, seu amigo de longa data, que o havia ajudado no início da caminhada até Nova Ilusão. Então, ele partiu para conversar com seu amigo e pedir Santa de Lourdes em casamento.

Santa de Lourdes Carvalho estava sendo preparada pela mãe para frequentar o Colégio Providência de Freiras das Filhas de Caridade — instituição que se preocupava em promover a educação para meninas de famílias abastadas, meninas pobres e órfãs. A senhora Leocádia Carvalho, na ânsia de criar uma jovem prendada, que acabaria recebendo um título de nobreza, acabou criando uma menina caprichosa, volúvel e, sobretudo, pirracenta. Ela estava preparando-a para casar com alguém da nobreza portuguesa brasileira. Era seu desejo secreto eliminar de uma vez por todas o rastro da ascendência da família, que começara com seu marido, um judeu convertido em cristão-novo, fato que muitos consideravam como um castigo, assim como ela.

Indignada com a pretensão daquele matuto, que não tinha nenhum título de nobreza — a não ser o posto mentiroso de Coronel, patente que se distribuía a qualquer um naquela época —, que insistia em casar com sua filha, em levá-la para o meio da mata com toda a gentalha que ele tinha reunido no fim do mundo, a mulher não se importaria se ele escolhesse uma das outras três filhas; não se importaria mesmo, mas Santinha não. Não aceitava.

Antônio disse que ficaria muito honrado em ter o amigo como genro. Ele também não acreditava que Santinha fosse capaz de viver no meio do mato. Então, como se quisesse avisar o amigo sem, no entanto, magoar a filha, disse:

— Essa menina tem hábitos estranhos e tem um caráter volúvel.

O Coronel Broussard foi firme, conhecia Santinha e achava que era a única com quem daria certo. De modo que pediu ao amigo que, pelo menos, a consultasse. Resolveram perguntar à menina que, para assombro da mãe e do pai, não titubeou e disse de forma simples, como era de seu comportamento:

— Aceito.

Sua mãe entrou em desespero, querendo saber o porquê da mudança e, chorando, pedia à filha que não fizesse aquela loucura. Mas Santinha, firme, disse:

— Aceito, porque quero e porque a senhora não quer.

Com esse pensamento, rebelava-se contra aquela que queria traçar seu destino sem respeitar sua vontade própria — revolta típica dos jovens, mostrando o caráter que um dia iria culminar num extravagante caso de amor que abalaria Nova Ilusão.

O Coronel Broussard, seu padrasto, tinha cerca de quarenta anos, era alto, tinha o corpo firme e musculoso pelas idas constantes à roça. Estava muito diferente de quando partira para o sertão, podendo-se dizer até que era um homem bonito, com uma personalidade diferente. Por vezes, parecia dominador, sonhador e, em outras, cheio de rasgos de tristeza que o faziam parecer uma criança.

Essa mistura havia chamado a atenção da moça, que tinha sonhos de adolescente e de príncipes encantados. Santinha viu nessa possibilidade a oportunidade de fugir do compromisso de casar-se contra sua vontade e com alguém que não amasse. Afinal, preferia casar com quem não amava, mas não contra sua vontade, fato que mostrava a complexidade de sua personalidade.

Quando sua mãe, já consolada e admitindo derrota, começou a explicar as obrigações de uma mulher casada, como ela entendia na época — o que ela não esperava fazer tão cedo, muito menos em tais circunstâncias —, falou, constrangida, da parte carnal; Santinha tranquilizou-a:

— Não precisa, mãe, é o que mais conversamos entre as amigas. Minha única preocupação é com o tamanho do sexo e a dor.

O Coronel Broussard e Santinha se casaram com todas as cerimônias aceitas pelas autoridades. O Coronel Broussard teve que fazer a confissão e receber a comunhão pelas autoridades religiosas, engolindo toda sua luta interior de maçom. As festividades foram discretas, pois nem o Coronel Broussard, maçom disfarçado, nem o judeu convertido queriam muita publicidade sobre suas pessoas. Já Santinha, em um carro de boi, levava dentro de si as recomendações da mãe quanto às obrigações de uma mulher casada.

Os dois partiram para Nova Ilusão e Santinha levou todo o enxoval que há muito já estava preparado: a camisola de dormir para sua primeira noite, que deveria ser tirada por um nobre português; o penico de louça que havia ganhado da avó e que sua mãe, por vingança, mandara gravar uma flor-de-lis de cada lado como símbolo da nobreza que a filha tinha perdido. Contudo, como essa flor-de-lis era usada tanto por algumas lojas maçônicas quanto pela monarquia francesa, o Coronel Broussard nunca soube se aquilo era uma homenagem à monarquia francesa, à maçonaria ou se havia um pouco de ironia em meio ao ódio que a sogra não procurou esconder e que levou consigo para a sepultura, pois no dia de sua morte gritou:

— Desgraçado de um Coronel de araque!

Que soou por todo o entorno como se fosse a expulsão da alma ou do espírito do martírio que tanto sofrera, desiludida em pertencer à nobreza antes que tudo acabasse.

O Coronel Broussard, cuja mente era aberta à leitura e ao conhecimento de outras terras distantes, imaginava o sexo, principalmente entre casados, com todas as fantasias possíveis.

Santinha, de noite, na hora de se deitar, vestiu uma cara de todos os medos do mundo. E se deitando de costas, levantou a camisola exatamente como sua mãe ensinara e não como imaginara com suas colegas em cochichos antes do sono, deixando só a penetração própria, sem preliminares, liminares ou pós-liminares. E se admirando do tamanho pequeno do sexo do Coronel Broussard e da dor que não sentiu, Santinha deixou bem claro para ele que seria sempre assim. Sexo era para procriar e não para gozar.

Depois do sexo, Coronel Broussard ficou acordado e tentou falar com Santinha sobre os negócios do amor, mas não obtinha resposta a nenhuma fala amorosa; Santinha permaneceu muda e de olhos abertos a noite toda, como se estivesse tomada por catatonia.

Na segunda noite, depois do sexo, ele ouviu soluços abafados por todo o resto da noite, que foi de insônia para os dois. Então, ele resolveu mudar de quarto e esperar que alguma coisa mudasse antes de tentar novamente. Nada mudou e fizeram um pacto: sexo só de vez em quando e conforme os desejos dela, pois, afinal, se não nascesse um filho, a tagarelice das comadres iria começar. Santinha concordou aliviada e prometeu que para gerar um filho dele, como mandavam as Escrituras, o chamaria de quando em quando a seu leito, ou seja, nos dias que julgava ter maior fertilidade; esse sacrifício ela faria sem choros ou catatonia pós-coito.

O que o Coronel Broussard nunca soube é que ela, depois de muitas contas, fazia exatamente o contrário, impedindo, assim, uma gravidez que ela não sabia se queria. Santinha observou e conversou com mulheres, fez cálculos matemáticos que aprendera na biblioteca do Coronel a partir da leitura de livros técnicos dos grandes mestres da estatística, desenvolvendo fórmulas matemáticas até conseguir um calendário absolutamente perfeito para evitar a concepção.

Cansado das somas de Santinha que, cheias de matemática e fórmulas para engravidar, apresentavam resultados estranhamente contrários, nos quais o ato sexual equivalia a uma fração de poucos minutos do mês e nunca chegava a uma semana no ano, ele resolveu ir à capital da província fazer algo que nunca precisara: ir a um puteiro. Essa procura por um ato sexual mais sofisticado acabou dando sequência a um destino que só espera o disparo inicial para ir moendo tudo à sua frente até descambar numa catástrofe messiânica.

No puteiro, ele conheceu a jovem Maria do Rosário, cujo nome de guerra era "professorinha". Moça provinda de uma família pobre, de mãe lavadeira e pai que fazia de tudo um pouco quando não estava bêbado, era um caminho fácil para uma menina descambar para a prostituição. Certo dia, madame Antoniete Beaumont, que se dizia descendente da nobreza francesa e era dona do melhor prostíbulo da capital, botou o olho na filha daquela mulher que lavava as roupas da casa e começou a assediá-la, entendendo que poderia obter bons lucros com ela. A menina era bonita, tinha os olhos verdes, alta e era dona de cabelos quase loiros. Madame Antoniete fez a proposta e ficou admirada com a resposta:

— Aceito, mas quero aprender a ler e escrever.

Ela passou a ter aulas com um professor particular contratado por madame como parte do acordo e do preparo à iniciação sexual. Madame impôs também o aprendizado de poesia e música. Sua percepção financeira imaginou uma pessoa diferente, semelhante às gueixas, que ela sabia existir no Japão, reservadas a personagens importantes do Império e que, portanto, traziam grandes lucros e favores.

Maria do Rosário ganhou o apelido de professorinha porque sabia ler e escrever além de recitar poesias e até interpretar atos de peças de grandes óperas, uma raridade na profissão. Aos que perguntavam o motivo para que ela não houvesse se tornado uma professora ou uma atriz de verdade, pois mostrara inteligência para isso, ela respondia:

— Aqui ganho muito mais que as professoras de verdade e trabalho muito menos.

Na profissão, além da competência na cama e na poesia, ela era capaz de conversar sobre política, sobre filosofias e sobre sexo, discutindo-os com eventuais fregueses que tinham a condição intelectual para tanto. E além dessas qualidades intelectuais, ela tinha um defeito descoberto por um médico alemão que foi seu freguês por um curto período.

O médico, além de descobrir esse defeito, explicou tudo a ela com os mínimos detalhes. Segundo o profissional, ela tinha um útero duplo ou didelfo. Caso raríssimo que tinha como consequência apresentar dois úteros e dois canais vaginais, portanto duas vaginas. Para ela, isso era uma vantagem, pois além da grande dificuldade de engravidar — o que era bom para uma puta —, as duas vaginas davam a sensação de uma bem apertada, o que Coronel Broussard tinha notado surpreso (pois vagina de puta é frouxa), aumentando, assim, o prazer dos clientes. Essa história ela só contava a alguns fregueses, os quais ela julgava terem cultura para não a achar uma aberração que podia trazer doenças. A professorinha contou isso ao Coronel Broussard, quando estavam na cama após o ato principal, fazendo brincadeiras sexuais, acrescentando:

— Além do que o doutor disse, tem outra grande vantagem: você paga uma e leva duas.

Bastou isso para que o Coronel Broussard ficasse apaixonado. O Coronel era um sonhador. Em relação ao amor, tinha pensamentos dos Cavaleiros da Távola Redonda. Ele dizia que o melhor sexo é com quem se ama e não com a beleza, de modo que amor deveria ser uma química de almas, do interior das pessoas, se isso se entrelaçasse entre dois seres, seria o amor então decantado. A professorinha o encantou com sua alegria, sabedoria e sonhos compartilhados, diferentemente da rigidez, seriedade e catatonia pós-coito de sua esposa.

Assim, a catástrofe estava se formando. Pois, ao mesmo tempo, a roda da vida começava a preparar o encontro de duas almas gêmeas que, conforme um provérbio budista, era algo que começava pelo menos quinhentos anos antes.

E ele propôs um trato, não importando nada o fato de ela ser prostituta, pois o passado ao passado pertence. O único medo era ela não aceitar, mesmo assim, fez sua proposta: ir com ele para Nova Ilusão, onde ele iria montar uma escola para que ela ministrasse aulas a quem quisesse e, nas horas de folga, se amariam como os dois entendiam o amor. E por desgosto da madame, que dizia que ela seria só mais uma manteúda entre as muitas espalhadas por todo lado, ela concordou com a proposta e seguiu para Nova Ilusão.

Maria do Rosário tinha um grande defeito que madame não conseguira perceber — era uma sonhadora como o Coronel Broussard.

A professorinha não só gostava das preliminares sexuais, como inventava novidades a cada dia: posições, roupas, cenas, sexo oral, anal, entre os seios. Além das brincadeiras entre os dois para saber qual vagina seria usada naquele dia. De forma que, depois de tantas lutas, contra a mata para formar a roça e contra a esposa para formar a criação, ele passava parte do tempo que ainda lhe restava para construir sua biblioteca, que jamais teria sido vista se não fosse o nascimento daquela aberração do Feliciano.

O Coronel Broussard, contudo, tinha medo de falar e mostrar sua coleção de livros para qualquer um, pois as lembranças da primeira Constituinte de 1823, que pretendera tornar o país católico por decreto, faziam com que aqueles livros corressem o risco de se transformar em uma grande fogueira. Ele conhecia bem aqueles restos de Inquisição que sobraram pelo mundo. Quanto à outra parte de seu tempo, era consumida pelo sexo com a professora que, com a diferença de idade, ameaçava sempre, e cada vez mais, acabar com a relação deles. Apesar de a professora jurar que, quando ele perdesse a capacidade de fazer sexo — pois a lembrança costuma ficar para sempre — o sexo acabaria para os dois. Coisa que, no íntimo, Coronel Broussard não acreditava, daí o medo da impotência que persegue a idade, principalmente para o homem. Sim, Cristiano, foi seu pai adotivo quem começou a "traição", ele não era um santo.

Havia aparecido em Nova Ilusão, algum tempo depois, um jovem filho de um africano que fugira da escravidão para uma mata perto do povoado de Nova Ilusão, e de uma índia xerente, que se dizia domador de cavalos e burros. Ele andava pelas fazendas fazendo qualquer tipo de trabalho, até que se interessou pelo amansamento de animais, tanto para lida quanto para passeio.

Nessa época, o Coronel Broussard queria que dona Santinha passeasse pela propriedade para matar o tempo e não ficasse tão confinada na sede da fazenda. Para isso, precisava de um animal manso, que ela pudesse montar sem ter medo de cair e passear pelas terras. O aparecimento daquele homem, Jeremias Alonso de Albuquerque e Silva, o animou a contratá-lo para, primeiro, escolher um animal dos mais mansos e, depois, ensinar dona Santinha a montar. O jovem combinou as condições com o Coronel Broussard e ficou à disposição da senhora que, a princípio, não gostou da ideia, mas, após muita insistência do marido, resolveu concordar.

Jeremias tinha porte atlético, de uma cor acobreada e cabelos compridos, em que a lisura dos cabelos dos indígenas se misturava com um encaracolado nas pontas, remetendo à sua também origem africana. Era muito bonito e logo que Santinha o viu pensou no deus grego Apolo e começou a rezar para o perdão só de pensar em um deus pagão.

Quando o Coronel Broussard o apresentou à mulher, a primeira coisa que Santinha sentiu além do pensamento erótico e pagão foi o cheiro de couro de cavalo suado que emanava do rapaz, odor que lembrava cheiro de cavalo misturado ao cheiro de homem. Ela sentiu um arrepio que começava na nuca e corria pelo resto do corpo, e, por mais que não quisesse, foi parar entre as pernas, quando pela primeira vez na vida ela sentiu que molhava as roupas de baixo ao olhar para um homem.

Assim, os dois passaram a se encontrar três vezes por semana para as aulas de equitação. Todas as vezes que Santinha se aproximava de Jeremias, aquele cheiro de cavalo misturado ao odor de homem fazia com que ela sentisse os arrepios que teimavam em terminar entre as pernas. Logo sentiu que toda a preparação que há tempos fazia para ganhar o lugar ao Céu ia sendo trocada por uma necessidade de encontrar o paraíso aqui mesmo na Terra.

Ela procurou se controlar de todas as maneiras: aumentou a leitura da Bíblia, as orações e começou a se mortificar comendo pouco e ficando de joelhos por várias horas antes de dormir. Nesse meio-tempo, resolveu chamar o Coronel Broussard para o leito mais vezes, deixando o coitado em uma situação difícil, pois começava a sobrar pouca energia para a professora nos fins de tarde. Por isso, procurando uma estratégia para evitar que o desejo por sexo das duas ocorresse no mesmo dia, ele acabou criando um calendário alternativo para o sexo, que somava sua necessidade de ser homem com a capacidade de conseguir isso.

Esses arranjos, além de ineficazes, começaram a piorar as coisas. Dona Santinha, todas as vezes que ia fazer sexo com o Coronel Broussard, sentia o cheiro de couro curtido que se misturava ao cheiro de cavalo, mas faltava o arrepio na pele que, além de não acontecer, não lhe estimulava o sexo, de forma que, em vez de lubrificar, secava mais ainda a vagina, impedindo a penetração de um pênis que já não era capaz de tanta dureza. Para o Coronel Broussard, a tentativa de controle do tempo entre o sexo com a esposa e a professora passou a formar uma angústia, que acabou levando à negação do sexo na hora certa e, como uma coisa leva à outra, ele começou a não conseguir sexo com nenhuma das duas.

E foi assim até que dona Santinha acabou abandonando a estratégia, ficando quase um mês se dizendo indisposta ao sexo e às aulas de montaria. A sabedoria do tempo acabou melhorando a disposição do Coronel Broussard e ele passou a voltar aos costumes antigos.

Santinha continuava a lutar contra esses sentimentos que a ameaçavam levar para o Inferno. Nesse caso, nunca teve coragem de confessar comigo que já estava suspeitando de que alguma coisa estava acontecendo, mas como sou muito mais conhecedor do mundo material que do espiritual, e por ironia do destino por ser um padre falso, resolvi ficar em silêncio, mas com a certeza de que um dia haveria uma explosão, tão comum frente a essas coisas.

Santinha resolveu voltar às aulas com Jeremias Alonso de Albuquerque e Silva, pois a essa altura a razão já tinha ido para algum lugar desconhecido. A cada véspera e a cada aula, o cheiro que arrepiava sua alma se tornava mais forte. No lugar das preces, Santinha começou a fazer como tantas colegas que ela condenava; toda noite se masturbava usando o travesseiro que ela tinha dado um jeito de ter o cheiro do jovem amansador de cavalos, passando nos travesseiros uma calça de couro de Jeremias Alonso de Albuquerque que ela tinha pegado às escondidas.

O temporal que vinha se formando há alguns meses aconteceu no dia em que Jeremias a levou para conhecer uma égua, que ele achava muito bonita; a intenção, segundo ele, era que se fosse do gosto de Santinha, ele iria amansá-la.

Quando os dois estavam num cercado olhando a égua, o homem, conhecedor dos animais, percebeu que a égua estava no cio e, constrangido, quis levar Santinha para longe. Mas não houve tempo, um garanhão saltou o cercado, se aproximando com o pênis exposto e rapidamente "trepou" com a égua na velocidade típica dos animais.

Santinha sentiu o mundo girar quando o cheiro de cavalo e couro cru misturado ao do homem se intensificou, se agarrando a Jeremias, que tendo também perdido a noção de tudo, pegou Santinha no colo e a levou atrás de algumas árvores. Isolados do mundo pelo sentimento e pela loucura, ele arrancou as roupas de Santinha, que foram feitas para serem tiradas com toda delicadeza por um aristocrata português, ao mesmo tempo que ela lutava para desafivelar o cinto de couro que segurava a calça rústica. Logo estavam nus. Santinha olhava admirada para o tamanho do órgão sexual, que ela sonhara muitas vezes como sendo igual ao de um cavalo e, esquecendo todo o calendário anticoncepcional que havia criado e toda a educação dada pelas irmãs do convento, começou a apertar e beijar com sofreguidão aquele corpo musculoso e acobreado, cheirando a cavalo e couro cru. Começando pela boca e se demorando no enorme membro que ela enchia de beijos ao tentar colocá-lo inteiro na boca para executar as preliminares negadas ao marido que ela aprendera no calor do momento. Jeremias, tonto de prazer, agarrou aquele corpo branco para que juntos rolassem pelo chão, beijando todas as partes de Santinha, correspondendo às iniciativas dela.

Quando beijou o sexo rosado que contrastava com pelos negros, sentiu na boca todo o prazer que aquele corpo sentia e pedia. E depois de tantas carícias, ele ficou por cima dela com toda delicadeza e começou a penetrar aquela vagina branca adornada por cabelos negros. Santinha sentia que a penetração não acabaria nunca e que seria rasgada por dentro até que o enorme pênis se acomodou em meio às juras que faziam um para o outro de que iriam morrer naquela posição, que nunca mais se largariam. A mata escutou o grito de paixão que segue o prazer sexual do orgasmo, de modo que as árvores e os animais pararam no tempo. O eco que reverberou na Serra chegou até Nova Ilusão, fazendo com que todos os habitantes parassem seus afazeres, esperando que o Céu fosse cair — o que não aconteceu —, mas o ar ficou impregnado por um intenso cheiro de cavalo suado misturado a couro cru que envolveu o povoado de forma intensa, e os pássaros de Bartolomeu começaram a cantar o "Lago dos Cisnes", de Tchaikovsky Pyotr, terminando com "Liebesverbot" ("Proibição de amar"), de Richard Wagner.

Só o Coronel, que nunca imaginaria uma "traição" de Santinha, não escutou o gemido do gozo ou sentiu o cheiro de couro, acreditando que uma mulher consagrada no altar deveria ter como sua única aventura nesse mundo a luta contra os filhos, contra as panelas, contra o fogão, contra as louças e contra as roupas; e que ela jamais pudesse, em algum momento abandoná-lo ou sequer tivesse o direito de querer um sonho de amor fora da promessa aos pés da Santa Cruz.

A partir desse dia as aulas de equitação eram pontuais. Santinha fazia questão de não faltar, vivia sorrindo e agradecendo a ideia do Coronel Broussard. Assim, ela e Jeremias começaram um amor que os levava a procurar os lugares mais escondidos, nos quais ela descobriu todo o prazer nas várias posições do sexo e a fez deixar de pensar em procurar um Céu, pois já o havia encontrado ali na Terra.

Logo o característico cheiro de Jeremias começou a acompanhar Santinha por onde ela passava, ficando mais intenso alguns dias. O Coronel Broussard sentiu o cheiro como algo que era natural, uma vez que ela vivia para os cavalos, mostrando um interesse que ele nunca imaginara que ela fosse capaz. Esse cheiro começou a se espalhar por toda a colônia cada vez que ela saía com Jeremias Alonso de Albuquerque para as aulas. Aulas que mostravam toda a aventura da natureza. Eles eram comparáveis aos cavalos na época da procriação, desde o "cio" contínuo de Santinha que não conseguia ser dominado, aos beijos pelo corpo todo, as carícias no sexo um do outro até a penetração e o orgasmo final que os acalmava por pouco tempo.

Então, aconteceu no povoado um fenômeno que, segundo Bambolino me explicou quando apareceu novamente lá, se deu pelo aumento de hormônios no ar. As aves começaram a botar mais ovos e eclodiam todos, as vacas pariam dois filhotes, as porcas davam crias de vinte leitões, as plantações começaram a aumentar a produtividade; um morador relatou uma abóbora de quarenta quilos, já um outro, um pepino de dois metros.

Após dois anos do início desse fenômeno, começou-se a pensar em aumentar as classes de aula devido ao número de crianças que haviam nascido. O povo, feliz da vida, começou a relacionar tudo aquilo com o cheiro do qual eles conheciam a origem, torcendo para nunca acabar. Quando viam Santinha e Jeremias saírem para as aulas de equitação, corriam para juntar as vacas com os touros, os carneiros com as ovelhas, as porcas com os cachaços, as galinhas com os galos, a fim de aumentar a plantação. Pensando no aumento da riqueza do povoado, não faziam chacotas nem brincadeiras sobre os dois, mas imaginavam Santinha como um tipo de Afrodite misturada com Deméter, Ísis e Priapo.

A prosperidade começou a ser tanta que logo a saudade de um tempo passado começou a dar lugar àquela vida de trabalho e comunhão entre eles. João de Carvalho, conhecido com o João da sanfona, propôs um dia de festa para comemorar a padroeira da abundância representada pela imagem de dona Santinha, que não foi citada nominalmente por respeito ao Coronel. Todavia, todos sabiam a verdade e promoveram uma semana de festança, em que não faltaram urras à responsável por tamanha desordem que a natureza estava proporcionando a todos. Novilhas foram abatidas, assim como porcos, galinhas e cabritos, todos colocados para assar. O doutor Guaspar, mostrando sua capacidade — não como médico, mas como conhecedor de processos químicos —, providenciou um alambique para destilar álcool de cana. De modo que começou em Nova Ilusão a primeira produção de cachaça de cana, naquilo que depois se tornaria um empreendimento altamente lucrativo quando a profecia declamada por Bambolino começasse a envolver o povoado. Eternizando o nome do médico curandeiro ao ser batizada de "aguardente de Guaspar", levando seu nome à glória com muito mais eficácia que seus feitos na medicina.

O Coronel, vendo toda aquela euforia, me perguntava, entre satisfeito e desconfiado, o que estava acontecendo. Eu respondia que a natureza estava exagerando e que não fazia mal um pouco de alegria para aquela gente. Marcaram esse dia, que seria celebrado em primeiro de novembro, como uma homenagem ao cheiro de cavalo e couro cru, o qual chamaram de Samhain, que significava, outrora, fim do verão. O que, segundo Bambolino — que havia surgido de repente, alegando que não perderia aquilo por nada —, era um nome que se assemelhava a um feriado gaélico que marca o fim da temporada de colheita. Bambolino sugeriu a todos que se fantasiassem, representando figuras ligadas à natureza e à fartura.

Depois de tanta festa e consumo da aguardente do doutor Guaspar, o dia amanheceu com várias figuras espalhadas dormindo pelas ruas, bêbadas. Ao todo havia quatro mulas sem cabeça, duas iaras, dez sacis-pererês, uma caipora, um curupira, um boto-cor-de-rosa, cinco negrinhos do pastoreiro, seis lobisomens, dois Oxalás, um Xangô, vinte Iemanjás, dois Oguns, cinco Oxóssis, uma Oxum, duas Iansãs, além de uma centena de abóboras esculpidas em caveiras.

Algumas semanas depois da festa, Santinha e Jeremias Alonso de Albuquerque sumiram, deixando no ar aquele cheiro que só desapareceu muito tempo depois, levado pelo vento que anunciou a metamorfose explicada por Bambolino. Santa de Lourdes Almelo e Jeremias desapareceram do povoado com medo do falatório das mulheres que seria inevitável sobre aquele amor louco, que havia juntado uma pretensa nobre portuguesa e um amansador de cavalo descendente de uma brasileira nata e de um africano que, posteriormente, formariam parte de um povo do Brasil real.

O Coronel Broussard, assim que notou que Santinha não apareceu no fim de uma tarde em que estava tendo aulas de equitação, ficou desesperado e foi me procurar perguntando:

— Sabe de Santinha, frei?

Pelo meu olhar que demonstrava toda a angústia do mundo, ele sentiu o que na verdade já desconfiava, mas não queria acreditar que tinha acontecido.

Eu com olhar perdido no horizonte, disse ao Coronel:

— Coronel, talvez seja melhor assim. Sobra a professora, que é mais do seu gosto.

E ele disse:

— Eu sabia, mas não queria acreditar, me casei por teimosia minha e de uma menina teimosa, o que não deu certo. Depois, encontrei uma alma gêmea, a qual não me importava se tinha sido uma prostituta no passado. Agora não aceito que a minha esposa tenha feito o que eu fiz. Orgulho ferido? Machismo? No entanto, não vou condenar. Eu atirei a primeira pedra. Mas qual é o amor de Santinha? Espiritual? Carnal? Paixão? E sinceramente não sei qual dos amores dá mais prazer, o da alma ou o do corpo. — E dirigindo uma pergunta a mim, a ele e ao mundo: — Existe alma?

Essa parábola da primeira pedra atingiu muita gente, pensei comigo.

O Coronel Broussard ficou vários dias em silêncio. Não procurou a professora e nunca mais andou a cavalo. Diziam na colônia que foi isso que causou o derrame que lhe paralisou o lado direito.

A professora, quando soube o que tinha acontecido, deixou de lado sua discrição e foi à casa-grande procurá-lo. Ficou cuidando dele com um carinho que ninguém poderia imaginar de uma puta convertida. O sexo de fato acabou para os dois, sobrando apenas um respeito mútuo.

Alguns meses depois da doença do Coronel, Santinha voltou com um filho no colo pedindo um lugar para ficar.

Sim, você, Cristiano.

Havia sido abandonada por Jeremias Alonso de Albuquerque, que depois da gravidez não sentia mais entusiasmo por aquele corpo que ia ficando deformado pelo crescimento da criança. Ele que, mais tarde, sofreria um tombo de uma mula brava que lhe quebraria o pescoço, morrendo junto do amor que não tinha resistido à luta pela sobrevivência.

Santinha foi aceita e as duas viveram em paz. Talvez a criança fosse a solução para continuar o trabalho do Coronel Broussard. Ninguém perguntou, ninguém questionou. Você ali parado com seu porte atlético de menino e esses olhos sonhadores era tudo o que precisavam. Você é muito parecido com seu pai, uma mistura, é claro, que tem muito de sua mãe também.

O Coronel e Maria do Rosário acolheram você e sua mãe sem nenhum gesto ou olhar de desprezo.

Sim, Cristiano, as duas se tornaram amigas, cuidaram de você e do Coronel até o fim, quando ele faleceu. Maria do Rosário morreu logo em seguida, vítima de uma pneumonia que nem o doutor Guaspar nem o pajé xerente conseguiram curar. Como dizia o velho médico transformado num especialista em cachaça, era uma das doenças que não tinham cura. Sua mãe e eu, contudo, teimamos em continuar vivos como produtos de um destino caprichoso.

● ● ●

NOVA ILUSÃO

1850 - 1900
Período em que o povoado de Nova Ilusão
ainda não havia sido assimilado pelo
"Estado oficial do Brasil".
Fim do sonho.

"**P**orque na muita sabedoria há muito desgosto; e o que aumenta em conhecimento, aumenta em sofrimento." (Eclesiastes 1:18)
Com o tempo ia crescendo uma comunidade bem diferente de outras que haviam surgido naquelas terras de mata bruta no início da colonização. Essa diferença era fruto de um sonho do Coronel Broussard.

Ele, um dia, sonhou com seu avô murmurando continuamente, como acontece com os velhos: "A liberdade é uma ilusão, a igualdade é uma ilusão, a fraternidade é uma ilusão e eu não quero uma nova ilusão".

Frase que ele costumava murmurar pela casa quando ainda era vivo. No sonho, o Coronel, extremamente irritado com o velho, gritava com ele, afirmando que tudo isso era possível e que, só para a paz daquela alma penada, provaria que sim, para conseguir o descanso eterno para o avô.

José Antônio Adrien Charles Broussard não gostava de seu nome. Não porque tinha preconceitos com sua origem francesa, muito pelo contrário, se orgulhava dela. Apenas achava uma aberração seus pais terem colocado essa mistura de português com francês, completada com o "Adrien", que significava vir do mar Adriático — significado sem o menor propósito —, no lugar de simplificar com um Antônio ou João Carlos. A única explicação para isso era que, ao colocar esse nome, seus pais queriam demonstrar o respeito sincero pela nova pátria que os acolhera, sem esquecer do amor que a pátria verdadeira lhes negara.

Adrien, como era chamado antes de se tornar "Coronel Broussard", era descendente de franceses participantes da Revolução Francesa, que prometia a trindade: "Liberdade, Igualdade, Fraternidade" para todas as camadas da população. Esse evento culminou na ascensão de Maximilien Robespierre, dos jacobinos, e desandou em uma ditadura imposta pelo Comitê de Salvação Pública, o chamado Reino de Terror, período no qual milhares de compatriotas foram mortos sem razão maior do que a falta de razão. Após a queda dos jacobinos e a execução de Robespierre, seu avô Moreau Broussard, casado com Anne-Marie Rivier, teve um filho: Moreau Broussard.

O avô Moreau tinha participado ativamente da Revolução Francesa, na tomada da Bastilha. Essa revolução, que prometia acabar com a pobreza, descambou para uma confusão quando formou a Assembleia Constituinte. Os termos "esquerda" e "direita" apareceram durante a Revolução Francesa de 1789, quando os membros da Assembleia Nacional se dividiram em partidários do rei, à direita, e simpatizantes da revolução, à esquerda. Portanto, ricos à direita e pobres à esquerda.

Essa assembleia se tornou tão confusa que permitiu a ascensão de Napoleão Bonaparte como cônsul e, eventualmente, como imperador. Seu avô, desesperado ao saber da criação do Império e do restabelecimento do reinado, ficou completamente transtornado ao concluir que a famosa "Liberdade, Igualdade, Fraternidade" continuaria um sonho ainda distante.

Os avós de Adrien haviam participado da deposição da monarquia com todo o entusiasmo que tomara conta do povo francês daquela época, para, posteriormente, terem que fugir do país quando começou o terror causado por Robespierre e os jacobinos, que promoveram assassinatos, prisões e perseguições de opositores.

Depois da fuga, chegaram a esse Novo Mundo para reiniciar a vida, mas prometeram nunca se esquecer dos amigos que ficaram para trás, mortos ou vivos, nem do lema que um dia haveria de mudar, em muito, as forças do poder no mundo.

E Adrien lembrava que o avô, ao ficar completamente caduco, tinha mania de falar sozinho, sentado em uma cadeira de balanço, misturando tanto as lembranças no tempo e no espaço que ninguém conseguia entender, pois os assuntos não se encadeavam. Só era possível entender uma cantilena constante do avô:

— Eu participei da derrubada de um reinado para criar um monstro liberal que matou a torto e a direito e, depois, desandou num império que acabou num novo reinado.

"Deus devia, antes de tudo, ser um brincalhão, pois tinha posto no mundo ricos e pobres e ficava rindo dessas lutas imbecis em que os pobres tentam mudar a ordem.

"E não havia revolução que mudasse isso.

"E, depois de tanta luta, eu vim parar em um país que não só tinha tudo isso, mas também tinha escravidão. Completava que tudo isso era uma aberração da sua vida, porque aqui era bem tratado e sentia uma felicidade que não deveria sentir."

E Adrien, várias vezes curioso ou traquina, sentava-se perto do avô, perguntando:

— O que o senhor sente em relação a tudo o que passou em sua vida?

E o avô respondia com outra cantilena que se repetia toda vez que essa pergunta era feita:

— Eu me conformo com os amigos que perdi. Conformo-me com a pátria que perdi. Conformo-me com o excelente vinho francês que não vou beber mais, mas não me conformo com esse destino aleatório e inevitável que nos leva aonde ele bem entende. Sinto dor na alma ao chegar à conclusão de que a merda da igualdade social não é natural, mas antinatural.

Depois, ficava com o olhar perdido, provavelmente naquele passado, que a mente começava a recordar mais do que o presente.

Após a morte do avô, deixando os pais sozinhos no comando do armazém importador, Adrien resolveu transformar a pequena fortuna que seus antepassados haviam adquirido com terras do Novo Mundo, em uma empreitada que pudesse, de alguma forma, rever os sonhos do velho.

Adrien era filho único e não tinha se casado ainda, estando livre para fazer o que bem entendesse com seus bens. Então, resolveu mudar tudo. Recordando o sonho do avô, comprou uma grande extensão de terras devolutas em torno de duas léguas quadradas de sesmaria, aproximadamente oito mil setecentos e doze hectares, pela medida métrica adotada nesse país, que acabou sendo uma das contrariedades de Antônio Conselheiro no desencadeamento do episódio de Canudos, onde condições sociais e geográficas da região conflitavam o Brasil real do Brasil oficial.[2]

Adrien registrou essas terras na paróquia de acordo com a lei das terras de 1850 e, junto com os amigos mais chegados e irmãos de fé secreta — Antônio Bento, Fernão das Dores e Filinto Bartolomeu — este último um escravo liberto que trabalhava há tempos com a família e era amigo de fé para o que desse e viesse — partiram para a colonização desse pedaço de terra próximo à confluência de dois grandes rios no interior do país, como se fosse outra Mesopotâmia.

Junto deles vieram vários indivíduos solteiros, casados, pais — gente que Adrien aceitou. Os indivíduos que compareceram a um convite pregado nas portas de seu

---

2   CANAL TERRITÓRIO CONHECIMENTO. *Ariano Suassuna* – A diferença entre o Brasil real e o Brasil oficial. Disponível em: https://www.youtube.com/watch?v=ZvoMOZJovxA. Acesso em: 13 nov. 2o24.

estabelecimento. Antes de iniciar a partida do comboio, Adrien foi se despedir de seu grande amigo Antônio Carvalho. Antônio era descendente de judeus marranos, nome pejorativo do espanhol medieval para designar os "cristãos-novos", que, fugindo de Portugal, tinham aportado nesse Novo Mundo, onde as perseguições não eram tão severas como no Velho Continente. Os judeus convertidos já tinham chegado a essas terras com Pedro Álvares Cabral e continuaram a vir nos tempos seguintes. Muitos foram processados pela Inquisição de Portugal, e a perseguição aqui só terminou de fato pelos anos de 1831.

Antônio tinha se estabelecido na capital da província na condição de comerciante de todo tipo de mercadorias e, há muito tempo, era amigo de Adrien, pois faziam parte da mesma sociedade secreta. Ele conhecia o seu sonho de criar uma comunidade que já tinha até nome: "Nova Ilusão", em homenagem ao avô. Adrien disse a Antônio que tinha a intenção de plantar árvores de café, que ele acreditava serem a nova riqueza do país. Falou também da intenção de criar gado de corte e de leite, da certeza do futuro, da forma que a comunidade deveria se desenvolver e também dos conceitos de liberdade, igualdade e fraternidade que iria implantar no local, na convicção de uma nova forma de trabalho que haveria de resgatar esses ideais trazidos por seus pais.

Percebo que Cristiano Broussard de Albuquerque faz uma pergunta, diria maldosa. Sua jovem esposa ri, mas eu, frei Barbudo, vou responder.

...

Sim, Cristiano Broussard, seu padrinho era um sonhador. Eu também era. Naquele tempo, nós éramos jovens, éramos valentes e éramos burros. Eu fico repetindo para mim e para quem quiser ouvir essa frase, mas com a velhice penso que aquela época era bem melhor.

Depois de muita conversa sobre o futuro, Adrien disse ao amigo:

— Quando tudo isso estiver encaminhado, me caso com sua filha, Santinha.

E foi assim que começou a pequena tragédia. Não, Cristiano Broussard de Albuquerque, não Nova Ilusão. Mas o casamento com sua mãe. Você disse que eu podia contar. E eu contei.

Esses homens carregavam, em uma tropa de burros, tudo que iam precisar para iniciar essa nova vida: sementes de café, arroz e milho, sacos de sal, carne seca e todos os apetrechos para as necessidades da vida simples do dia a dia. Junto vinham algumas cabeças de gado e cavalos que deveriam iniciar a criação. Várias mulas transportavam a carga maior, como duas que levavam a coleção proibida de livros de Adrien — alguns herdados de seus antepassados e outros que conseguira contrabandear para o país — naqueles tempos, livros que pudessem pôr em perigo a situação social da Igreja e da nobreza eram tidos como revolucionários ou heréticos. Esses livros, que além de estudos filosóficos e científicos, eram volumes destinados a não se esquecer da maçonaria e nem do lema tão repetido pelo avô, pelo qual morreram tantos compatriotas.

Depois de lutarem contra a mata, abrindo caminho pela força de facões e machados até chegarem ao local aproximado que marcava suas posses, segundo os registros paroquiais de terra, como a Igreja era vista como um meio de divulgação — já que estava presente nas diferentes localidades do país —, todo proprietário era obrigado a registrar sua terra. Os vigários paroquiais eram responsáveis por receber as declarações com duas cópias, declarando o nome da terra possuída, a designação da freguesia em que estava situada, o nome particular da situação — se houvesse — e sua extensão — se fosse conhecida — e seus limites.

Quando Adrien chegou à confluência dos dois grandes rios que demarcavam mais ou menos a terra adquirida, resolveu, como um personagem bíblico, iniciar o sonho. Começaram a demarcar a extensão de terra e, em uma cerimônia simples, sem discursos ou rezas, consagraram Nova Ilusão. A partir dali, Adrien passou a ser chamado de Coronel, nome que surgiu entre eles sem que ninguém explicasse.

Assim foi chegando gente de todos os lugares, atraídos pela novidade de tratamento, pois eram tratados com liberdade, igualdade e fraternidade. Havia indígenas, africanos, descendentes de africanos, descendentes de brancos com africanos, de índios com brancos e de índios com africanos. E, com toda a mistura dessas raças, ia se formando na colônia uma espécie de embrião que daria origem a um país formado por todas as raças, em que não existia escravidão nem preconceitos sociais, culturais e religiosos. Um país que, assim formado, seria diferente de tudo que Feliciano haveria de observar em suas viagens por países europeus, dando-lhe a certeza de que somos e devemos nos manter diferentes, sem sequer pensar que os outros países são melhores por possuírem uma tecnologia criada por pessoas inteligentes, mas não sábias.

O Coronel Broussard não permitia desigualdades nem desrespeito em função da cor, da raça ou da crença. Dizia para os companheiros que um dia isso seria um conceito universal no mundo. Para o povo daquele tempo, essas falas do Coronel eram interpretadas como uma visão de um futuro, fazendo com que muitos pensassem que ele era um vidente e um feiticeiro. O que nem ele nem ninguém sabia era quando isso ia acontecer. Segundo ele próprio, demoraria tanto que ele não conseguia ver nem o início desse entendimento. Desse modo, os que mostrassem despreparo para tal liberdade e não compartilhassem desse sonho, eram convidados a se retirar de Nova Ilusão; era o único pecado capital que levava ao desterro sem julgamento.

A planificação do povoado ficou a cargo de Bartolomeu, que era extremamente hábil e sempre buscava resultados sensatos em tudo o que fazia, com exceção dos pássaros — mas essa parte eu explico depois. Ele imaginou o povoado no centro e, a partir dele, semelhante aos aros de uma carroça, seria derrubado o mato para plantio. Na imagem do raio, a floresta continuaria em pé, pois dizia que não fazia sentido derrubar tudo e que a lavoura e os pastos poderiam viver juntos com a vegetação primitiva; além disso, serviriam de direção onde todas as vias confluíam para o povoado, assim, ninguém se perderia na mata.

Em turnos, todos começaram a trabalhar até que a povoação e a plantação se definiram entre a mata nativa. Quando o cafezal já estava quase formado e prestes a receber a primeira florada, quando o pasto já tinha substituído uma parte da mata e quando as casas já estavam prontas, o Coronel começou a se dedicar mais a si mesmo.

O Coronel Broussard tinha uma biblioteca das mais avançadas para a época. Nela, havia livros trazidos da Europa por seu avô e seus pais quando fugiram da França, além de outros que o próprio Coronel Broussard adquirira. Tinha exemplares dos mais diversos segmentos do saber humano — aquele saber que, muito tempo depois, segundo o Coronel Broussard, quando estava acometido de visões do futuro, não iria conseguir mudar o mundo que desmoronava pelas intempéries causadas pelo excesso de gente, pelo excesso de tecnologia, pelo excesso de luxo, pelo excesso de egoísmo, pela sensação de dono do mundo que iria impregnar a humanidade, pelo desrespeito à natureza e assim por diante.

Seria preciso criar um catálogo para citar todos os livros que o Coronel tinha juntado nesse canto de mundo. Nunca ninguém daquele lugar, a não ser seus amigos do início da jornada, soube de onde ele tinha conseguido tamanha desfaçatez de biblioteca naquele fim de mundo. Quando boatos espalhados por latifundiários receosos disseram que o Coronel Broussard era maçom disfarçado e que estava ali com o objetivo de criar, através de ensinamentos heréticos, a reforma de Lutero — comportamento que tanto transtorno havia desencadeado na Europa — isso foi causado, principalmente, segundo a Igreja, pelo início da divisão entre o Estado e a Igreja, que o acusava de implantar o comunismo no Brasil.

•••

Cristiano diz: "Isso eu não entendi nada; a divisão do cristianismo por brigas internas, como Cristo ensinou, eu tinha noção, mas comunismo?"; "Isso não sei", respondo a ele.

Eu estava meditando sobre isso, sentado no banco da igreja, quando Bambolino apareceu, me assustando como sempre. Ele parecia mais jovem, tinha menos rugas e um tom mais escuro nos cabelos. Não estava mais gordo para justificar seu rejuvenescimento. Quando perguntado se estava rejuvenescendo, ele respondeu que estava "reciclando". E começou a tirar minhas dúvidas como se já soubesse tudo o que eu queria saber, falando sem parar:

— O conceito de comunismo foi criado em 1793 por Nicolas-Edme Restif, mais conhecido como Restif de La Bretonne, que nasceu no interior da França em 1734 e morreu em 1806 em Paris, vivendo, portanto, na época da Revolução Francesa. Um reformista social cheio de intenções moralistas, mas que ficou conhecido mais por suas publicações relacionadas a sexualidade, Restif foi o autor de uma obra erótica que lhe valeu o título de "Rousseau de sarjeta".

"Sua imaginação extraordinária, porém, mistura fato e ficção de forma inextricável na maioria de seus livros e descreve uma ordem social baseada no igualitarismo e na propriedade comum, sendo provavelmente o primeiro a descrever o comunismo como uma forma de governo.

"Posteriormente, o conceito se tornou mundial pela publicação do *Manifesto comunista* por Marx e Friedrich Engels, seguido pela publicação de *O Capital: crítica da economia política*, do filósofo alemão Karl Marx, que se apoderou do tema, obscurecendo o primeiro. Tema esse que alguns importantes filósofos da história relatam como possível quarta religião judaica, visto que Marx era alemão, mas de uma família judia.

"Portanto temos três religiões derivadas de Abraão: o judaísmo, o cristianismo e o islamismo. Se seguirmos o conceito de religião como sendo qualquer filiação a um sistema de crença com posição filosófica, ética ou metafísica, podemos considerar o comunismo uma religião?

"Seus adeptos acreditam no comunismo não como um sistema político, mas como religião política e salvação, sendo um projeto político transcendental que promete uma mudança do mundo, transformando o ser humano. E, como soteriologia, promete a salvação da humanidade pela destruição do sistema capitalista, conduzida por um messias comunista que, segundo Marx, é o proletariado e, segundo Lênin, o Estado socialista.

"Teorias que causaram pavor na classe dominante de cada sociedade na época. Seria, portanto, o comunismo a quarta religião abraâmica?" — completa Bambolino, dizendo que eu não preciso saber tudo isso, pois a fala popular será simples: comunista quer matar Deus e seus representantes, entre eles você. E essa teoria, que se tentou aplicar, virou uma ditadura cruel.

E Bambolino me disse:

— Você vai ver, frei Barbudo. Pensando bem, você não vai ver, não vai dar tempo. — Anunciando com isso a minha morte.

Me deixou de boca aberta e saiu para a cozinha. Tomou café, começando a fumar seu cachimbo de barro e, quando percebi, sumiu.

— Que loucura! Não entendi nada, mas deu medo.

— Será que Bambolino além de viajar no espaço, viaja no tempo também? — possibilidade levantada por Feliciano.

O Coronel era discreto e sua coleção de livros ficava a salvo do olhar de curiosos. Os livros eram todos escritos em francês, com exceção do tratado de anatomia de Andreas Vesalius e de uma Bíblia que estavam em latim.

• • •

FREI BARBUDO

Vou agora contar sobre mim.
Eu apareci em Nova Ilusão como consequência do desencadeamento de um destino determinado por providência ou leis naturais: sorte, fado ou fortuna, que pode estar relacionado a uma ordem superior.
O Coronel tinha o hábito de cavalgar a esmo por sua propriedade após a visita que fazia à professorinha todas as tardes de segunda, quarta e sexta-feira, reservando os outros dias da semana para o merecido descanso ao lado de dona Santinha. Assim, fui encontrado pelo Coronel Broussard em uma das trilhas que cortavam a fazenda. Eu estava sentado no chão, encostado em uma árvore, e meu fiel amigo, um cachorro avermelhado que me acompanhou e me acompanha até hoje, Filé,

rosnou e mostrou os dentes, me acordando do sono dos semimortos.

 Quando o Coronel Broussard chegou perto, pensou que eu estava morto. Não estava morto, apenas quase. O homem levou um susto ao se deparar comigo, vestindo um hábito dos frades agostinianos, aumentando o susto ao ver na altura do peito um furo no hábito que só podia ter sido causado por bala de pistola, assustando-se mais ainda quando percebeu que no meu peito não tinha furo nenhum. A suspeita ficou calada para sempre, junto com a certeza de que eu era um fugitivo que havia roubado o hábito de algum padre após lhe dar o tiro. Sabia, por suas leituras de livros não recomendados e pela fé em sua ordem secreta, que havia quem fizesse isso sem medo do Inferno e me perguntou se eu tinha conseguido que o tiro furasse a roupa e não o corpo, recebendo como resposta que deveria ter sido um milagre.

 O Coronel Broussard retrucou que, com mais um milagre igual àquele, eu poderia ser canonizado e teve, nesse momento, outra de suas ideias estapafúrdias: me levar para Nova Ilusão, onde eu seria o padre do local.

• • •

O Coronel quis saber sobre minha aventura na mata, meu nome, de onde vinha, enfim, que eu contasse sobre minha vida, e eu contei o que conto para você agora, Cristiano.

 Meu pai chamava-se José, e minha mãe, Maria, nomes bíblicos. Os dois tinham o sobrenome Setembrino: José Setembrino e Maria Setembrino. Não sei se eram parentes; nunca me preocupei com isso. Um dia desses qualquer, num passado distante, um amigo disse ao meu pai que o nome Setembrino estava relacionado com o mês de setembro, era então uma homenagem ao mês em que começava a primavera. Isso levou meu pai a um raciocínio um pouco estranho: se os apóstolos eram doze e os meses do ano também, ele colocaria o nome dos filhos de acordo com os meses de nascimento até completar doze filhos, homenageando tanto os apóstolos quanto Jesus Cristo durante o ano todo. Não foi possível homenagear todos os meses do ano, pois quando chegou ao oitavo filho, minha mãe não suportou mais tanta homenagem e faleceu no parto. Nasceram nesse tempo: Mario Maio Setembrino, José Junino Setembrino, José Júlio Setembrino, José Augusto Setembrino, Maria Setembrina Setembrino, Maria Outubrina Setembrino, Maria Novena Setembrino e Alice Dezena Setembrino, a mais nova.

Depois da morte de minha mãe, os filhos ficaram ao deus-dará. Entre nós, irmãos, começou uma brincadeira que chamamos de troca de mês. Começamos a nos chamar trocando o nome de uns pelos outros, de forma que, logo, só sabíamos quem tinha nome feminino ou masculino, mas ninguém mais sabia a que mês estava homenageando, fazendo uma bagunça completa no calendário anual. Além de trocarmos os meses de nascimento, acabamos trocando os dias. Portanto, Cristiano Broussard de Albuquerque, meu nome verdadeiro deve ser um desses meses que citei.

A mãe ausente e o pai alcoólatra foram uma combinação explosiva, e cada um dos filhos se virou como pôde, nos tornamos a escória da sociedade. Roubávamos para comer e para alimentar pequenos vícios. Eu estava fugindo da polícia quando entrei na igreja, achando que não iriam me procurar naquele lugar sagrado. Eu procurava pelo frei Benedeto, que me havia ajudado várias vezes, e quase morri de susto e pavor quando o encontrei morto por um tiro, aí acabei pecando mais ainda. Se a polícia me encontrasse nessa situação, eu estaria morto. Abracei aquele frei, que ajudara a mim e a tantos outros e, chorando, roubei suas vestes, deixando-o quase nu antes de sair disfarçado.

Pronto, contei. Não sei dos meus irmãos, ficaram no passado — mais um pecado para o castigo final. Com medo de ser preso, pois, dessa vez, não seria apenas alguns dias de prisão e mais algumas chicotadas, seria a forca. Em verdade, eu nunca soube quem matou o frei Benedeto. Mas eu e Filé saímos correndo para longe da igreja, embrenhando-nos na mata, e continuamos a correr, enfrentando um exército de insetos que queriam chupar nosso sangue. Sofremos arranhões causados pela vegetação e seguimos em frente até não aguentar mais.

Gosto da minha barba e de ser considerado por muitos um frei da Igreja Católica, que muitos leigos confundem com padre.

Um dia, Bambolino percebeu que eu não sabia diferenciar muito entre "frei" e "padre" e me explicou: "padre" vem do latim *pater*, que significa "pai". É um título para o sacerdote: um homem retirado do povo para servir o sagrado, como um bom pai de família. O padre representa um pai para a sua paróquia e comunidade. E "frei" vem do latim *frater*, que significa "irmão", "frade". São homens que vivem uma mesma regra e um mesmo ideal. É um título do religioso. Confesso que não entendi muito bem e, por isso, aceito os dois e pronto.

Sou padre ou frei de fato, mas não de direito. Ironia do destino: Deus escreve torto por linhas retas. Gosto de me sentar na colina e observar o vilarejo entre os dois rios, Filé está sempre ao meu lado, meu amigo inseparável. Já está velho também, alguns pelos brancos aparecem em seu focinho.

Filé me adotou quando eu era pedinte lá na cidade grande. Dividíamos as sobras, e ele me protegia de imbecis que tentavam me agredir; dessa forma, foi nascendo uma amizade intensa. Filé me acompanha por todo lugar. Até quando eu rezava missa, ele ficava junto ao altar, pois aprendera os rituais de forma que, quando todos se sentavam, ele se sentava; quando todos levantavam, ele se levantava. Agora, ele me escuta resmungar coisas do passado, me olha e abana o rabo. Esse gesto sempre tem um significado especial para mim.

Explico: Filé é um cachorro de porte médio, marrom e com pelo liso. Mas o que chama atenção é o seu rabo: ele é grosso, muito grosso, desproporcional ao corpo. Eu, quando perdido na mata, morto de fome, sonhava com comida e com o rabo do Filé. Pensava que, se eu cortasse aquele rabo gordo para comermos, ele não morreria e poderíamos ter chance de viver mais alguns dias. Sempre que eu cochilava, vinha esse sonho maluco com o rabo do Filé, e foi assim, sonhando com um ensopado de rabo de cachorro, que o Coronel Broussard me encontrou.

Quando estava perdido na mata, um pouco antes do Coronel Broussard me encontrar, Filé estava ao meu lado. Nesse tempo, quase morremos de fome. Não tínhamos alimentos, apesar de tantos animais da terra e do ar que víamos, nunca imaginei que, sem as armas e armadilhas inventadas pelos homens, seria tão difícil apanhar um animal na mata. Se não fosse Filé conseguir pegar alguma coisa, teríamos morrido de fome. Dividíamos pequenos animais: alguns lagartos, larvas de besouro; coisas assim. Sim, Cristiano Broussard de Albuquerque, choro até hoje quando me lembro daquela cena: eu pensando em cortar seu rabo para comer e ele me dando o que comer de outra forma. Em toda minha vida de mendigo, padre e revolucionário, nunca vi nada parecido entre os homens. Ele me olha agora e balança o rabo que nunca cortei, expressando a alegria que sempre mostrou, mesmo em situações desesperadoras.

Essa posição de frei, penso, foi o que me tirou do pecado, dos muitos que cometi e também deve me salvar no futuro, depois da morte, se esta não for como o futuro da vida: completamente aleatória, dependente de incertezas, do acaso, e da sorte. Talvez seja isso o grande segredo que mantém as religiões tão vivas, necessárias, confusas e maldosas: a incerteza do pós-morte. A origem desse furo de bala no hábito do padre morto nunca vou conseguir explicar. São desígnios de Deus e pronto.

O Coronel Broussard me explicou que, há algum tempo, muitos moradores de Nova Ilusão reclamavam da falta de uma igreja e de um padre no local, e ele sempre dava uma desculpa, dizendo que, em breve, ele providenciaria. Ele respeitava a religião de todos e não era ateu, como alguns pensavam. O medo de um representante da Igreja Católica naquele local não era por intolerância religiosa dele, mas sim por medo da religião. Ele tinha medo de que a liberdade aplicada a todos seria contestada por alguém que pensava ser dono de Deus. E aquele acontecimento estava dando a ele uma oportunidade de resolver esse problema. Explicou tudo isso a mim, disse que seu Deus era difícil de entender, mas que, com certeza, Ele perdoaria esse engodo para o bem de Nova Ilusão e pediu para que eu fosse o padre que tantos queriam.

Pois é, Cristiano Broussard de Albuquerque, você e sua esposa abrem os olhos de espanto e riem. Não vou responder a essa maldade.

Estou velho, mas não sou burro. Sei que minha história, antes desse encontro com o Coronel Broussard, é indesejada. Dentro do meu ser, lembro do susto que essa oferta me deu. Estaria esse homem me testando? Ou é o destino que me testa? Uma vez, contei minha história para Feliciano — e só a ele, e uma só vez: "Não matei o dono da batina, mas ele estava bem morto quando o encontrei e o furo estava lá" — só vou falar isso.

Desde essa época, passaram a me chamar de frei Barbudo — devido à grande barba negra que eu cultivava com carinho. Eu tinha deixado essa longa barba negra para dificultar o reconhecimento, o que parece ser a primeira coisa que pensamos nós, os procurados.

Fui com o Coronel Broussard para Nova Ilusão. Com o tempo, o Coronel Broussard iria construir uma capela na colônia e me colocar como responsável para agradar os habitantes que queriam ter uma capela e um padre para cuidar de sua alma. Apesar de ter ideias diferentes da maioria em relação a vários conceitos religiosos, o Coronel não era contra os princípios dos outros para não ir contra seus próprios princípios de liberdade.

Parece que quanto maior é o pecado mais sincera e mais duradoura é a conversão. A verdade é que eu assumi esse papel de uma forma diferente da formação sacerdotal clássica. Afinal, não tinha a menor ideia de latim e mal conseguia ler a língua pátria, muito menos outra.

Quando cheguei a Nova Ilusão, fiquei na casa de Bartolomeu, um dos companheiros do Coronel Broussard desde o início de Nova Ilusão. Iria permanecer ali até que os dois achassem que eu estava preparado para a primeira missa. Nada deveria ser comentado até esse momento. O Coronel Broussard contou a Bartolomeu tudo o que tinha acontecido, a confiança entre os dois era total. Diriam no povoado que eu estava me recuperando da agressão. Depois, eles prepariam umas escritas que eu deveria decorar para falar na missa.

O difícil seria enganar dona Santinha, que insistia em conversar com o padre sobre o que ela aprendera sobre religião quando estava se preparando para o seminário. A Bíblia era discutida após dona Santinha ler uma página — a leitura era sempre na Bíblia que ela tinha ganhado de sua mãe quando estava ainda no convento. O que complicou esse começo foi quando dona Santinha quis que eu fosse seu confessor. Eu fiquei constrangido e quis saber a posição do Coronel Broussard sobre esse fato. Nada mais fácil, o Coronel Broussard concordava com algumas condições: não contar a ele nada do que ela dissesse. Isso estava bem claro e fazia parte do segredo da confissão.

Assim, fui contornando a situação até o aparecimento de Feliciano Firmino e sua capacidade de aprender, esta que parecia coisa montada pelo destino. Enquanto isso, apesar de alguns protestos, a igreja começou a ser construída com toda a vontade de atrasar a inauguração. Sim, Cristiano, conseguimos enganá-la. Penso que sim, ao mesmo tempo que duvido.

O arranjo seguinte que o Coronel Broussard providenciou foi me mostrar a biblioteca proibida pela Santa Igreja. Veja só, Cristiano, como eu era padre sem ser, tive a permissão de conhecer os livros que não deveria ter conhecido. E Feliciano Firmino me ajudou a preparar o latim para a missa.

Explico: Feliciano Firmino já tinha nascido quando eu cheguei em Nova Ilusão. Sua esposa pergunta a idade dele nessa época. Talvez dez anos? Sim, sim, estou emocionado, e isso são lágrimas. Toda a minha vida deve ter sido um preparo para o que aconteceu dali para a frente. Conheci Feliciano Firmino Dante de Mendonça e nos tornamos amigos inseparáveis.

• • •

Naquela noite, não dormi. Fiquei a olhar para a mata de minha janela, recordar o que não queria. Para que relembrar de tudo? Mas faria o gosto de Cristiano Broussard de Albuquerque — ou talvez o meu? Na minha idade, quantos anos? Talvez já tenha passado dos oitenta. Só resta recordação, e nós, velhos, viramos contadores de história antigas enquanto esperamos ir ao encontro dos que já foram. Gostaria muito de acreditar nisto — vida além desta. Penso no consolo de quem crê, mas também no medo ao imaginar, segundo algumas religiões, que seríamos julgados de acordo com critérios que os intermediários de Deus acreditam.

Esses meus sentimentos me transformam em um pecador, pois devido aos meus hábitos monásticos que me fizeram padre e, portanto, deveria acreditar nos dogmas, e não que não existe nada depois da morte. O que acontece, no meu conceito, é que vamos fazer parte da natureza e ao pó retornaremos, pois na natureza nada se ganha e nada se perde, mas tudo se transforma. E só haverá o nada: nem julgamento, nem sofrimento, nem alegria, apenas a paz tranquilizadora e merecida do nada.

Estou novamente como um réu a me justificar na frente de Cristiano e da esposa. Vou relatar como se deu a amizade entre mim e o capitão Feliciano. A data certa em que Feliciano Firmino Dante de Mendonça nasceu ficou perdida naquele fim de mundo.

FELICIANO FIRMINO DANTE DE MENDONÇA

Nesse dia incerto e errado no calendário oficial para o nascimento, formulado por Donana e as parteiras, as contas feitas por todas, e várias vezes, indicavam que a gestação estava passando dos onze meses. A gestação correu bem o tempo todo, estava para nascer mais uma criança. Se não fossem essas circunstâncias, em que não sabiam se haviam errado as contas ou se a gestação era mesmo de onze meses e não de nove, não teria gerado tanto alvoroço entre as parteiras que preparavam Donana Agnelli Firmino Dante de Mendonça para o parto.

A casa onde se daria o nascimento era a mesma do casal. Era uma cabana de pau a pique, como tantas outras que compunham a colônia dos trabalhadores da fazenda, encravada no meio do mato que, aos poucos, formava uma zona cafeeira e de criação de gado. A criança não deveria nascer; não naquele dia e naquela hora — pelo menos era o que pensavam alguns do povoado. O parto foi difícil, demorou catorze horas, e a parteira já estava dando como morto o recém-nascido quando, num impulso não esperado por ninguém, ele saiu do útero e caiu no leito — um colchão de palha, paina e capim coberto com tecido rústico. Caiu e não chorou, nem com todos os tapas e beliscões, contrariando a vida e a todos.

O recém-nascido, de olhos bem abertos, girava a cabeça em várias direções. Quando encontrava alguém ou alguma coisa, esses olhos, já abertos e que assustavam as parteiras, fixavam-se nos objetos, como se quisessem entender a diferença entre o útero e onde ele iria viver para sempre até a morte. Cravou o olhar em todos, um a um: na parteira, a comadre Alzira, em Benta, que o ajudou no parto e, por fim, ficou a olhar para o local de onde tinha saído. As íris de um preto intenso traziam uma curiosidade que começava a assustar os presentes, que sem outra coisa a fazer, partiram primeiro a se benzer, depois a rezar e, por fim, a benzer o menino, colocando uma cruz em sua testa. Como não pegou fogo, decidiram que não havia perigo, o menino tinha alma e a salvação desta viria com o tempo.

• • •

Sim, Cristiano Broussard de Albuquerque, foi isso mesmo que me contaram.

O destino mostraria que esse nascimento era diferente. Primeiro, fez compromisso com a concepção, apesar das contradições de data. Sua mãe era conhecida naquele pedaço de mundo, onde o Coronel Broussard formara a colônia, pelo nome de Donana Firmino. Casada com José Firmino de Mendonça, Donana era pequena em estatura, mas era enorme em força e caráter. Após cinco anos de casamento, esse que acabara de nascer era seu primeiro e único filho.

Na labuta do trabalho braçal do dia a dia, não sabia ao certo quando começara a gravidez. Fez contas alegres com o marido e determinou um dia. Dali para a frente, era contar os meses e saberia a data aproximada do parto. Para isso, já avisara a parteira, comadre Alzira, a melhor do local, pois já tinha trazido ao mundo quase todas as crianças da fazenda. O que ficou confuso foi o tempo da gravidez, talvez por erro na contagem ou por alguma outra coisa. Desde o anúncio do filho como certo, dos primeiros sinais da barriga até o dia do nascimento, não batiam nove meses, mas passava dos dez, talvez onze. Essas foram as circunstâncias estranhas a que eu me referia.

Um dia, um amigo, já meio embriagado com as pingas que tinha tomado, falou ao pai:

— Zé, teu filho é de jumento.

Não por menos, levou um soco na boca e, por pouco, a vontade pelo punhal não falou mais alto. Ele voltou para sua casa e disse à mulher:

— Trate de parir isso aí antes que eu mate alguém.

Donana olhou firme para ele e respondeu:

— Vou parir quando Deus quiser! E se tiver que parir um burro ou uma mula, que seja.

Não era um burro, muito pelo contrário, mais tarde — e para sempre — não haveria quem não elogiasse o intelecto do filho. Mesmo assim, houve quem dissesse que a inteligência perdera de longe para a curiosidade. No entanto, Donana examinava o filho todos os dias para ver se não tinha início de rabo ou de orelha grande. A única coisa que deixou alguma dúvida foi o tamanho do pênis, parecia desproporcionalmente grande para a idade.

José Firmino, o pai, era trabalhador na fazenda onde moravam. Fazia de tudo: lidava com o gado, com os cavalos, domava burros, e quando chegava a época da colheita do café, fazia sua parte junto com todos os demais moradores.

O Coronel Broussard era inovador, talvez devido à mistura ou ao sangue herdado dos avós que tinham levado muito a sério o lema "Liberdade, Igualdade, Fraternidade". A produção da fazenda era feita por todos, e os lucros, quando começassem, seriam divididos em partes iguais, depois que se abatessem os gastos. Um sistema que logo começaria a incomodar muitos que viviam pela redondeza.

José era um mulato forte, não muito alto, com talvez 1,70 m e com bondade no coração quando não era atiçado demais. Sua esposa, Donana Agnelli Firmino, era descendente de italianos, mas não tinha certeza sobre os pais, que a deixaram aos cuidados de dona Alzira antes de sumirem à procura de um canto para viver. Nunca voltaram para buscar a filha, como haviam prometido, talvez porque tivessem virado pó outra vez.

Donana tinha a pele clara e cabelos quase loiros, semelhante a muitos dos primeiros italianos que tinham vindo para a mata plantar café. A mistura dos dois deu ao filho, além do olhar curioso, uma aparência bonita: cabelos castanhos encaracolados, pele de um tom acobreado e olhos negros, grandes e abertos desde o nascimento, olhos de quem pergunta, olhos interrogadores e ansiosos.

Após o nascimento, demorou ainda algum tempo para definir o nome que seria colocado. A espera era pelo choro que não veio. Passado um mês de espera, o pai resolveu colocar nome assim mesmo: José Firmino Filho, para que todos entendessem que era seu filho, aceito por ele, e que o erro na data do nascimento não tinha importância nenhuma para ele, José. Donana não quis, pois a história de "filho de jegue" ficaria para sempre. Pensaram em dar-lhe o nome do Coronel, em sinal de respeito, mas ninguém sabia o nome verdadeiro dele. Era conhecido como Coronel Broussard, e não havia coragem que ousasse formular tal pergunta. O jeito era recorrer à Bíblia e escolher um nome de santo. Depois de muitas idas e vindas, seus pais resolveram pôr o nome de Feliciano Firmino Dante de Mendonça, nome que deveria trazer uma felicidade firme àquela casa. Convidaram o Coronel Broussard para ser padrinho. Ele já era padrinho de quase todos os nascidos da fazenda.

Durante seu primeiro ano de vida, Feliciano Firmino Dante de Mendonça pegou todas as doenças da infância:

sarampo, escarlatina, tosse comprida, varíola e várias disenterias. A cada nova doença, sua mãe temia uma fatalidade, que a obrigaria a procurar um padre para lhe dar a extrema-unção. Nenhuma chegou, felizmente. O menino derrotou todas as enfermidades, para alegria da mãe e perplexidade do único médico da vila, o doutor Guaspar Gonçalvo, formado na Escola de Medicina da Bahia — o conceituado Colégio Médico-Cirúrgico da Bahia.

O doutor Guaspar era português, daí o nome estranho, mas comum no antigo Portugal. Havia aparecido em Nova Ilusão algum tempo antes e ali ficou, embora quase ninguém soubesse explicar o motivo. O que um médico ganharia naquela pequena colônia? Como uma população pequena em Nova Ilusão e ainda pobre, que mesmo somando aos indígenas que viviam atrás da Serra, não chegaria a muitos. Além disso, os índios, além de não serem numerosos, também não confiavam nos brancos, apesarem de aceitar o doutor e até ensinarem a ele alguns remédios de ervas. Assim, o doutor Guaspar costumava misturar as artes de cura aprendidas na famosa academia baiana com o que aprendera com as tradições indígenas, misturadas à arte iorubá de alguns escravizados fugidios que moravam perto da aldeia indígena, os quais ele fazia questão de tratar.

Um dia, ele me disse que, quando chegou nessa região, encontrou indígenas com cento e quarenta anos de idade, todos com a dentição completa e ainda fortes, e dizia que os indígenas só começaram a ficar doentes após o encontro com colonizadores europeus, o que acarretou o surgimento de todas as doenças infecciosas.

O doutor Guaspar atribuía a saúde dos indígenas às ervas que eles usavam e, principalmente, ao distanciamento dos estrangeiros. No entanto, o que o doutor entendia é que a saúde não dependia apenas de remédios, mas de todo um estilo de vida que eles cultivavam. O doutor acreditava que essa saúde era devido à simplicidade de vida, pois viviam com a natureza e da natureza, e só começaram a apresentar doenças com a chegada dos europeus, que acreditavam serem evoluídos e que deveriam trazê-los para uma civilização mais evoluída, somado à tentativa dos padres de se misturarem a eles e convertê-los para a verdadeira fé — quanta petulância! A religião trazida pelos europeus nada significava para eles, os indígenas, a não ser abandonar toda uma existência espiritual própria para acreditar em um Cristo, cujo motivo de salvação nunca lhes foi claro. Salvá-los da vida simples e alegre que viviam? Da natureza que tudo lhes proporcionava? Do respeito que tinham entre si? Eu mesmo nunca consegui entender esse conceito.

O doutor visitou a família em todas as ocasiões em que Feliciano Firmino Dante de Mendonça ficou doente, dizendo sempre a mesma coisa aos pais:

— O menino tem essa doença, se vai ser curado ou não, depende — repetia antes de explicar. — Existem doenças curáveis e doenças incuráveis. As curáveis melhoram com o médico, sem o médico e, apesar dos médicos. Já as demais são *"sanando Deo volente"*, que significava "se Deus quiser".

O doutor tinha mania de citar frases em latim e receitava umas misturas que ele mesmo preparava, unindo os ensinamentos científicos com a farmacopeia cabocla, misturada às ervas que colhia na mata por indicação dos indígenas xerentes e do africano Tião, que fora escravo e havia fugido. Desse modo, para não perder mais tempo, quando ele achava que a doença não tinha cura, mandava chamar o padre, já que, se não havia nada a fazer com o corpo, que se tentasse a cura da alma. Explicava que, na dúvida da existência ou não do Inferno, não custava nada se precaver. Feliciano Firmino Dante não morreu nenhuma vez, e o médico confirmou o que várias vezes me disse:

— Eu acerto o diagnóstico e erro sempre o prognóstico. *I hit diagnosis error et semper prognosis.*

Sim, Cristiano Broussard de Albuquerque, eu conheci o doutor Guaspar e rimos muito de suas teorias religiosas e materiais. O doutor português, como era mais conhecido por essas bandas, perdido nessas matas, acertou todos os diagnósticos de Feliciano Firmino e errou todos os prognósticos. Assim, Feliciano Firmino Dante de Mendonça ficou imunizado naturalmente. Quem sabia de vacinas naquele fim de mundo? O Coronel Broussard dizia que, na Europa, se vacinava contra a varíola, mas como se dizia entre os caboclos da fazenda: "Lá tem povo danado".

Feliciano Firmino precisava, então, vacinar a alma de todas as doenças que os filósofos e religiosos já haviam definido. No entanto, isso só poderia ser conseguido com doses quase letais de infortúnios, aplicadas continuamente por um período indefinido.

Não nasceu mais nenhum filho do casal a quem Feliciano pudesse chamar de irmão, como se tudo que a mistura do casal pudesse gerar tivesse sido gerado na pessoa de Feliciano Firmino. Donana não quis novo filho. Ela tinha medo e achava que só por Deus não nascera uma aberração, uma vez que pensava que o marido poderia ser seu primo, pois o pai de José Firmino tinha vindo da Itália e se casado com uma afro-brasileira, filha de branco com africana, e só consentira em casar com José depois da autorização da Igreja Católica, sendo esta uma das únicas coisas lógicas em que a Igreja se apoia na ciência: a dos casamentos consanguíneos.

Essa é a história que me contaram sobre eles e conto para você, Cristiano. Tenho minhas dúvidas se é por raciocínio lógico que a Igreja não aceitava o casamento consanguíneo.

Passado o primeiro ano de vida do menino, tudo foi se acalmando. As doenças do corpo se restringiram a dores de garganta curadas por rezas e crendices. Mantiveram-se, contudo, a curiosidade e as dúvidas da alma e do espírito de Feliciano, mal de quem quer saber tudo e que o acabaria matando um dia.

Feliciano Firmino começou a falar cedo. Antes de completar um ano, assustou a todos quando perguntou à sua mãe:

— Mãe, estou com vontade de comer mangas — falou claramente.

A partir daquele momento, para incompreensão de quase todos, menos da sua mãe, ficou evidente que os meses a mais para nascer o tornaram mais inteligente, não burro. Ninguém conseguiria convencê-la do contrário. Ao passar do primeiro ano, não apenas falava, como também perguntava tudo. Talvez essa permanência a mais no útero tenha realmente acontecido por um inexplicável desígnio de Deus, mostrando que Deus realmente escreve reto por linhas tortas e torto por linhas retas.

Aos quatro anos, Feliciano Firmino aprendeu a ler a partir de uma revista ilustrada que, não se sabe como, tinha caído em suas mãos. Essa revista, além de gravuras, trazia notas no rodapé explicando cada uma das figuras. A mãe, com o pouco de leitura que tinha, começou a ajudá-lo. Bastou. O menino deslanchou, assustando a todos quando, com dez anos, leu uma homilia escrita em latim. Feliciano, entretanto, não entendeu nada, pois não tinha figuras para comparação e entendimento.

Com cinco anos, ele foi levado por seus pais a uma missa no povoado próximo. Era a primeira vez que participava de um ato em uma igreja. Ia ser batizado; como era comum naqueles tempos, batizava-se quando podia e não quando nascia. Os registros de batismo eram o único documento a atestar a idade da maioria das pessoas, principalmente as nascidas em povoados distantes dos principais centros da nação. Assim, a data verdadeira do nascimento muitas vezes se confundia com a data do batismo, pois os pais não se lembravam da data, depois de tanto tempo, e da hora com exatidão. A Igreja Católica fazia as vezes do registro civil das pessoas naturais.

Feliciano Firmino Dante participou da missa que antecedia o ato de batismo e tentou relacionar o latim da missa com o desenrolar dos atos. Fez confusão com a liturgia e, depois de muito pensar, chegou à conclusão de que um ritual incompreendido é o melhor para dominação de quem não entende nada. Além disso, o ritual causa medo.

Ele voltou a assistir missas comigo aos dez anos, quando já sabia falar e ler em latim. Muito depois, quando já se apresentava para receber a comenda outorgada pelos representantes da Nova República, percebeu o quanto essa concepção lhe fora útil até aquele momento, pois lhe ensinara que os rituais ajudavam a crer naquilo que nunca se vê.

Feliciano Firmino saber ler e escrever em latim foi o que iniciou nossa amizade.

Seu pai, José Firmino, cuidava de uma pequena roça própria, na qual plantava milho, mandioca, banana e alguns legumes. Toda tarde, depois da lida principal, que todos faziam em mutirão, ele ia cuidar da pequena roça cedida pelo Coronel Broussard como reconhecimento de sua dedicação e trabalho. Sempre levava Feliciano Firmino, pequeno sonho seu, que ia fazendo questionamentos. Era cada pergunta! Nessa fase de sua vida, as perguntas saíam aos montes, mostrando sua curiosidade com o mundo. Mais tarde, ele trocaria essa indagação verbal por outra muito mais fatal: perguntas que fazemos a nós mesmos sobre a lógica da vida.

— Do que é feita a enxada?

O pai explicava que era feita de ferro.

— O que é ferro? — perguntava em seguida.

O pai não sabia responder.

— Como a semente vira planta?

Seu pai explicava que a semente, na terra e com água, começa a crescer como Deus determinou no início do mundo e se transforma em plantas adultas que gerariam novas sementes, mantendo assim o ciclo da vida. Mas não sabia como isso acontecia e, quando ele não sabia explicar, dizia: são desígnios de Deus.

E as perguntas saíam aos montes, deixando José Firmino embasbacado.

— Onde mora Deus?

E seu pai dizia:

— Céu. — E já sabendo da sequência, antecipava: — O Céu fica lá em cima.

E Feliciano emendava:

— Em cima de onde? Por que Deus fez tanta coisa diferente que a gente não usa? Por que a gente usa tanta coisa que não precisa? Por que a banana nasce em cima e a mandioca embaixo?

E as perguntas se encadeavam até que José, sem paciência, mandava o filho calar a boca. José não falava muito, era acanhado como a maioria dos sertanejos, as palavras custavam a sair. Tentava, de qualquer forma, explicar aquilo que ele não entendia. Foi aí que veio a ideia: colocar o filho com a professora na escola. O problema é que só aceitavam crianças com sete anos ou mais, mesmo assim, não custava tentar.

José foi procurar o Coronel Broussard, tinha esperança de conseguir que o menino frequentasse a escola. Para isso, explicou ao Coronel as conquistas de Feliciano com a leitura. José não sabia por que o filho tinha facilidade com a escrita e fazia tantas perguntas, para ele, bastava saber usar uma enxada.

Todavia, o Coronel Broussard escutou, testou Feliciano e se convenceu a aceitá-lo. Isso não é coisa de se negar. Logo, sua mente, sempre pensando no futuro, começou a refletir sobre o destino. Afinal, era descendente de quem tinha participado de um sonho de liberdade que mudara o mundo e se apaixonara por uma puta, trazendo-a como professora para esse fim de mundo em que um moleque aprende a falar cedo e a ler sozinho. Ali tinha coisa, com certeza. Lembrou-se das crendices e de alguns livros que tinha lido sobre os fenômenos naturais e concluiu que ali havia um político nato. *Logo, a República vinga e um homem meu lá na capital será muito útil*, pensou.

Coronel Broussard não tinha filhos biológicos, culpa dele, certamente, para o bem ou para o mal. Tinha certeza de que era por parte dele, afinal, nenhuma das mulheres com que se deitara engravidou — isso porque ele não sabia da trapaça de Santinha, que dava graças a Deus por não ser mais procurada para sexo, ou por ser a intervalos bem espaçados. Santinha, que fizera planos com o paraíso pela leitura constante da Bíblia Sagrada, presente de casamento da mãe, isso até o aparecimento de Jeremias, que mudou tudo. Dona Santinha apresentava uma grande virtude para com o marido: era amiga e fiel em tudo. Jamais entrou em sua biblioteca e nunca falou dela para ninguém. Tinha medo de que o mero conhecimento da existência desses livros comprometesse sua futura entrada no paraíso. Portanto, o aparecimento de Feliciano Firmino preencheu um espaço entre o casal, que passou a considerá-lo um filho. Por isso, combinou com José Firmino que dali em diante o moleque iria estudar, pegaria pouco na enxada e mais nos estudos.

José Firmino ficou admirado com a facilidade com que o Coronel Broussard concordou, já que não pensava que fosse dar certo tão fácil. Seria seu filho um... gênio? Agradeceu, emocionado, com lágrimas quase se formando naqueles olhos de camponês, que aprendera a sofrer sempre calado, sem nunca mostrar o que existia dentro da alma. Tinha o sentimento de que um dia seu filho seria doutor, e isso era muito.

Feliciano começou a frequentar a escola — que era a casa da professora e o reduto amoroso do Coronel Broussard e da professora —, com alguns garotos dos arredores. Havia crianças de todas as idades, sexos e cores. Feliciano Firmino era o mais novo dentre eles, mas logo disparou na frente de todos, sua inteligência o jogou para fora do senso comum dos outros, o que trouxe a solidão angustiante da sabedoria.

Eram poucos os livros disponíveis ali: livros simples para o aprendizado de leitura, nada sobre ciência, matemática, filosofia ou religião. A professora, percebendo a aflição de Feliciano, lembrou que o Coronel tinha livros cuja origem ela desconhecia e propôs pedi-los emprestados, pois achava que Feliciano Firmino já tinha assimilado tudo daquilo que ela tinha para escrita.

E ela conseguiu. Conseguia tudo com o Coronel Broussard, com quem tinha tido muita sorte. Puta quase nunca tinha sorte na vida. Não os conseguiu emprestado, pois o Coronel não emprestava seus livros de forma alguma — talvez por medo das consequências — mas deixou o menino frequentar a biblioteca mais adiante, quando ele soubesse ler melhor. Melhor arranjo que esse não havia.

Assim, quando Feliciano Firmino tinha aproximadamente nove anos, foi autorizado a frequentar a biblioteca. O Coronel, por sua vez, havia imposto uma única condição para que Feliciano entrasse na biblioteca: não podia contar a ninguém sobre os livros que estavam ali. Logo, começou a aventura do menino por tantos pensamentos, proposituras, divagações, incertezas e fantasias que o acabariam levando a concluir, muito depois, quando já estava na Europa, que a única coisa que mandava no comportamento humano eram as intempéries do tempo, principalmente o frio do inverno.

A princípio, Feliciano Firmino não conseguia entender nada do que estava escrito. Com a ajuda do Coronel Broussard, da professora, de um dicionário e de sua mente privilegiada, começou a traduzir e logo passou a ser capaz de entender as ideias transmitidas pelos filósofos, mediante essa diversidade de certezas e incertezas sobre as causas de uma vida melhor.

Feliciano navegou entre *A República*, *Parmênides* e outras obras de Platão. Passou por Kant em *A metafísica dos costumes* e *Prolegômenos a toda a metafísica futura*. Dedicou-se a Vesalius em *De Humani corporis fabrica*, inclusive com as *Tabulae sex*. Em Descartes, se misturou com *Regras para a direção do espírito*, *O mundo ou tratado da luz*, *Discurso sobre o método*, *Meditações metafísicas* e *As paixões da alma*. Em Jean-Jacques Rousseau, mergulhou no *O contrato social*. Em François Marie, o Voltaire, se perdeu em *Philosophiques ou Lettres sur les anglais*, a *Candide ou l'Optmiste*. Tudo isso embaralhado com Adam Smith em *Uma investigação sobre a natureza e a causa da riqueza das nações* e a *Teoria dos sentimentos morais*. Ficou mais confuso ainda com John Locke em *Ensaio acerca do entendimento humano*. E definiu a sua ação na vida com Spinoza no conceito de Deus.

Esses conceitos que se misturavam em sua mente fizeram com que nunca, em toda sua vida, Feliciano aceitasse o fato de tantos filósofos terem escrito sobre as dificuldades e soluções da convivência humana para que neste fim de mundo em que aqui vivia tudo fosse tão simples e fácil. Mesmo que logo ele fosse sentir o isolamento que o ganho de cultura em excesso pode trazer a um indivíduo, a depender do meio em que se vive.

Esse isolamento seria uma das primeiras doenças da alma que o acometeria, de um jeito que nem a feitiçaria procurada entre os indígenas do local conseguiria apagar, nem mesmo depois da importante comenda que ganhou junto à Nova República, como prêmio por concordar em terminar com a revolução. A sensação de estar só entre os demais desse território não o abandonou. O saber o tinha jogado tão longe do normal que a alma se afastou do corpo, deixando o espírito perdido em interrogações, e isso fez gradualmente com que ele substituísse as perguntas do cotidiano por interrogações a si mesmo.

O Coronel Broussard, na tentativa de formar um político para representá-lo em conformidade aos costumes sociais vigentes da época, estava na verdade formando uma mente absolutamente lógica e incapaz de aceitar o modelo estabelecido, formando um pensamento que deveria levar mais tarde a uma revolução que nunca aconteceu.

Certo dia, o Coronel Broussard mostrou a ele um dos livros que ficava escondido, separado dos demais. Era *A origem da maçonaria*. Segundo ele, a origem da maçonaria não estava perdida no tempo, mas começara com os sobreviventes da Ordem dos Pobres Cavaleiros de Cristo e do Templo de Salomão — em latim: *"Ordo Pauperum Commilitonum Christi Templique Salominici"* — conhecida como Cavaleiros Templários, ou em francês: *Ordre du Temple ou Templiers* ou simplesmente como Templários. Fundada em 1096, essa ordem foi vítima da perseguição do rei Felipe IV da França "O Belo" que, para tomar suas riquezas, os acusou de heresia, imoralidade, sodomia e diversos outros crimes, levando vários Templários à fogueira, entre eles, o último grão-mestre, Jacques de Molay. Segundo esse mesmo livro, entre os sobreviventes estava Inácio de Loyola, que fundou a Companhia de Jesus, e alguns outros que fundaram a maçonaria, daí a antiga e eterna luta entre a Igreja e a maçonaria.

Bambolino nos contou mais tarde, em uma de suas visitas estranhas, histórias também estranhas sobre os jesuítas. Segundo o palhaço, ele havia lido em um livro chamado *O papa negro*, escrito pelo italiano Ernesto Mezzabotta, o qual continha a história da Companhia de Jesus e de Inácio de Loyola, seu fundador. Esse autor contava que, utilizando-se de envenenamentos, traições, subornos, chantagens e outros artifícios ardilosos, os jesuítas se tornaram poderosos a ponto de mandar na própria Igreja. Seu superior máximo era conhecido como "Papa Negro", pois mandava no pontificado e, segundo relatos da época, sequer sabiam se ele era realmente padre, já que poderia ser qualquer comerciante de uma cidade pouco conhecida, evitando assim revelar sua verdadeira ocupação e seu nome para escapar de um possível assassinato. Enquanto os maçons eram contrários ao papado da época, os jesuítas prestavam obediência irrestrita ao papa.

Na ocasião, o Coronel acrescentara que um maçom poderia ser liberal, mas nunca ateu, como afirmavam. Fato é que, com todo esse conhecimento, Feliciano Firmino acabaria mais tarde montando sua teoria sobre a vida.

Além de reunir tantas ideias sobre os ideais do comportamento humano, Feliciano Firmino teve outra angústia se manifestando espiritualmente de maneira ambígua, que o atormentaria para sempre. *O aparecimento e destino da alma,* pensava.

Ele, quando fascinado, comparava as leituras filosóficas com as descrições de anatomia de Vesalius sobre músculos, veias, coração, intestinos, estômago, cérebro e tantos sistemas fisiológicos que conduziam de fato o nosso comportamento. Não teve dúvidas, mas sentiu medo ao hesitar em acreditar que a alma se moldava em todo aquele aparato, separado e misturado ao corpo humano. Foi, a meu entender, a pergunta mais difícil que o espírito de Feliciano Firmino fez a si mesmo: *Como isso era possível?*

Pela primeira vez, Feliciano Firmino estava tendo dúvidas, questionando como algo que funcionava de forma tão perfeita e simples como o corpo humano poderia ser submetido a uma carga tão grande de suposições filosóficas. Essa sua capacidade de perguntar para tudo saber só lhe deu paz quando ele sentiu o cheiro de fumo antes da morte, quando já tinha deixado toda a vontade revolucionária e estava prestes a morrer deitado em meu colo, pelo tiro cujo disparo nunca foi esclarecido.

A razão da existência foi uma das angústias que Feliciano Firmino não conseguiu esclarecer. Outras angústias eram a disposição afetiva e a determinação de ser livre. Esta última surgiu quando Emerinha deixou para ele uma lembrança pelo resto de sua vida, até o dia de sua morte: o cheiro do fumo-de-corda que ela fumava, que a deixava com esse aroma pelo corpo todo. Feliciano sentia esse cheiro sempre que fazia sexo com qualquer mulher, e ele permaneceu em seu túmulo por muito tempo, até que o vento, que a cigana profetizara, mudasse e a sociedade de Nova Ilusão levasse tudo embora.

Emerinha morava com a professora desde que apareceu no povoado, há uns anos, e ficou. Tanto o Coronel quanto Maria do Rosário gostavam muito dela, pois era prestativa em todas as lidas da casa, só não gostava de estudar. Emerinha era bem-feita de corpo, tinha cabelos negros e lisos, que poderiam lembrar uma descendente de índios e africanos. Sua pele morena dava ao rosto um ar trigueiro e bonito, não fosse, claro, pelo buraco entre os dentes, resultado de uma cárie não tratada. Ninguém sabia de onde tinha vindo Emerinha, nem ela própria sabia sobre seu nome, se sabia, resolvera com teimosia nunca falar a respeito. Emerinha vestia roupas simples que ganhava da professora — roupas que sobravam sempre, pois vivia ganhando novas do Coronel Broussard, que gostava de presentear aquela que o fazia sentir-se jovem, confidenciando aos amigos mais chegados:

— Compadres, precisam ver sua cara de alegria a cada presente, diferente de umas e outras.

Emerinha se encarregava de todos os afazeres domésticos. Um dos vícios que ela mantinha e não conseguia parar era fumar. Fumava um cigarro feito com fumo-de-corda enrolado em palha de milho, de modo que aquele cheiro de fumo que ela trazia junto de seu beijo e abraço ficou para sempre em Feliciano quando eles iniciaram nas coisas do sexo.

O namoro entre os dois sempre se deu às escondidas, pois ambos tinham medo do Coronel Broussard, medo esse aumentado pelos apelos da professora que se preocupava com as consequências caso o Coronel ficasse sabendo. As trocas de carícias entre os dois se davam sempre que se sentiam seguros dos olhares estranhos. Aquela carícia proibida, com gosto bom do namoro recente, acontecia entre pés de banana, na mata em torno da fazenda, atrás de qualquer pedra. Quando não fosse mais proibido, perderia o encanto do fruto proibido.

No princípio, eram brincadeiras de criança. Feliciano, sempre que podia, ficava junto a Emerinha. Até que um dia resolveu levá-la até a biblioteca. Foi às escondidas, pois já sabiam fazer tudo às escondidas. Ele queria mostrar a Emerinha seus livros e, principalmente, o turbilhão de pensamentos que aqueles livros criaram em sua mente. Quando mostrou o tratado de anatomia de Vesalius, Emerinha arregalou os olhos com as figuras dos órgãos abdominais humanos, mostrados por figuras do interior humano — não interior referente a espírito ou alma. Eram as tripas mesmo, representadas naquele tratado de anatomia, e ela exclamou:

— Parece um porco estripado! Por dentro, somos todos iguais!

Feliciano entendeu que ela tinha definido tudo naquela frase e desistiu de perguntar qualquer coisa sobre filosofias.

Feliciano começou a lembrar da anatomia comparada de Aristóteles, que comparava o tamanho do corpo de um animal ao tamanho de seu cérebro e mostrava que o cérebro humano é, proporcionalmente, muito maior em relação ao corpo do que nas demais espécies. Ele deduziu que, faltando tanto de corpo — constituído de músculos, ossos, gorduras, tendões e minerais — para comandar, o cérebro humano, para passar o tempo, inventou o mundo não verificável e não palpável, criando assim o imaginável, como a alma e o futuro. Percebeu, estarrecido, que essa invenção do cérebro trouxe consigo o tamanho do castigo que a natureza tinha imposto à espécie humana. Ao entender a simplicidade de Emerinha, sentiu inveja. Concluiu que a mente pensa conforme sua capacidade de pensar, que jamais é uniforme e nem pior ou melhor um jeito ou outro, e que quanto menor a capacidade de pensar, maior é a felicidade. Da alma? Muitas vezes, eu e Feliciano voltávamos a esse assunto, sem concluir nada.

Um dia Emerinha se aproximou de Feliciano e sem muito preparo agarrou seu pênis, percebeu que ele começava a crescer e parecia que não ia parar nunca; então, ela falou:

— É de jumento.

O que fez Feliciano sentir uma dor que ameaçava deixar todo seu corpo mole como uma geleia, fazendo-o sentir vontade de chorar e ficar escutando para sempre aquelas palavras. Saiu correndo pensando em nunca mais voltar. Durante a noite teve febre. Donana, preocupada, ficou ao seu lado, que delirava de febre repetindo as palavras de Emerinha: "É de jumento".

Donana ficou apavorada pensando na possibilidade de que seu filho apresentasse finalmente alguma anomalia. No clarear do dia, pediu para José Firmino chamar o doutor Guaspar.

O médico começou a examinar o menino e com a certeza que sempre tinha nos seus diagnósticos falou: *"amant infirmitate"*, e para não magoar mais aquela gente simples com o latim que ninguém entendia, arrematou:

— Seu filho, minha senhora, padece do mal do amor, esse sentimento antinatural que mais faz sofrer que alegrar. Não tem cura natural, só antinatural. Podemos tentar o tempo, o álcool ou algumas ervas que os índios me ensinaram ou ainda umas rezas que o povo do Tião sabe.

E Donana, assustada, chamou o doutor de lado e pediu para que ele examinasse o menino novamente; e antes que o médico mostrasse aborrecimento pela dúvida de seu trabalho, Donana explicou a história da concepção referente aos onze meses. O doutor Guaspar tirou toda a roupa do menino e, compreendendo a preocupação da mãe, falou:

— Não é de jumento, mas é portentoso e deve fazer a alegria de muitas mulheres. Aí está a confirmação do meu diagnóstico. O prognóstico é o mais difícil da minha vida e duvido que possa acertar, principalmente nesse tipo de doença, mas sugiro que devemos esperar e *"quae est vita"*, "seja o que a vida for".

Donana compreendeu que alguma coisa teria que ter ficado daquela gravidez de tão longa duração e chegou à conclusão de que a vida de seu filho seria marcada pela angústia da filosofia, contrabalanceada pelo prodígio daquele sexo, que poderia lavar a consequências totalmente impossíveis de serem evitadas. Quando soube que a causa da febre de seu filho era a menina Emerinha, resolveu, com o bom senso que não precisava de ciência nem filosofia, e optou pelo mais prático: Feliciano deveria se afastar dali até que a distância curasse esse mal do amor. Resolveram mandá-lo junto com Tião para passar alguns dias na mata. Emerinha, após o afastamento de Feliciano, ficou magoada e fugiu com um trabalhador do circo; nunca mais soubemos dela.

Agora, vou relatar meu encontro com Feliciano, senão vai enrolar tudo.

A biblioteca do Coronel Broussard era impressionante em quantidade de livros. Para mim, a qualidade nada significava até o momento, mas depois entendi que o conteúdo que ali existia era explosivo — será esse o termo?

O Coronel Broussard pediu para Feliciano, que já sabia de muitas coisas das letras, me orientar sobre os assuntos ligados à religião. Sobretudo, traduzir alguns textos da Bíblia, textos esses que seriam usados por mim para um sermão em latim, e que poderiam ser sempre parecidos, mas não iguais, para não causar estranheza àquela gente que, mesmo sendo ignorante, haveria de notar. Feliciano, que tinha frequentado algumas missas clássicas na capital da província, teve a ideia de me ensinar algumas sequências da cerimônia; como passagens dos apóstolos e cartas dos apóstolos a outros povos, que eu deveria citar durante o culto. Isso tudo junto de algumas leituras em latim, que bastava decorar.

Assim, ficamos os dois ensaiando até a construção da igreja, coisa que o Coronel fez com que demorasse o máximo possível, como se fosse um teatro de dois personagens. Eu subia num altar imaginário, e Feliciano ficava me escutando e corrigindo até que o ato ficasse parecido com a celebração da Eucaristia. Na conclusão da "missa" vinha a parte da "enviada" em latim, quando o sacerdote, representando Cristo, envia os fiéis ao mundo para serem faróis de luz à vista de todos: Ide, o envio está feito, "*Ite, missa est*".

Eu ficava apavorado quando Feliciano me explicava o significado daquilo que estava me propondo a fazer. O medo do Inferno não tinha me abandonado. Quem era eu para conduzir o ritual da Eucaristia, que torna presente o sacrifício que Jesus ofereceu ao Pai na cruz, em favor da humanidade?

Mas, voltando, líamos outros livros e não só a Bíblia Sagrada. O que não faltava naquela biblioteca era a variedade de autores, de forma que líamos os grandes filósofos da história: Sócrates, Platão, Aristóteles, René Descartes, John Locke, Voltaire, Montesquieu, Adam Smith, Cícero, Santo Agostinho, Tomás de Aquino, Buda, Zoroastro, Jesus Cristo, Pitágoras.

A lista era enorme e nós íamos parando em cada um dos conceitos para discutir o significado empreendido por seus autores. De modo que não houve como dissociar a leitura da Bíblia de todos os demais livros que existiam na biblioteca. Assim, eu e Feliciano começamos a discutir e comparar os clássicos filosóficos com os conceitos bíblicos.

Esse hábito que evidenciou a disparidade e a dualidade que sempre existiram entre os humanos. Eu, com meu espírito simples de convertido, aceitei melhor as determinações bíblicas do que as várias considerações possíveis para o tema da alma explorado pelos filósofos, pois é mais fácil para o ignorante aceitar dogmas do que pensamentos mais elaborados e interrogativos. Essa minha dificuldade passou a ser um bom contraste com Feliciano Firmino durante as discussões, o que acabou criando uma amizade que haveria de se estender para sempre durante a revolução e até depois, na lembrança dos habitantes de Nova Ilusão.

Essa amizade era como um acordo entre o que entendíamos e o que deveria ser falado aos outros para conseguir o fim maior da revolução. Cada nova discussão proposta por Feliciano, por mais distinta que fosse, acabava convergindo para a mesma pergunta entre nós:

— Por que há necessidade de tantos pensamentos diferentes, de tantos conceitos filosóficos e religiosos, e de tanta guerra para conseguir o que a natureza oferece em abundância para todos? Bastava saber dividir da forma mais igualitária possível o que a natureza nos dá, e não haveria fome nem necessidade de guerras de conquista.

Feliciano creditava ao Êxodo a ganância e a maldade dos homens contra os demais seres vivos, porque ele determinou o seguinte conceito: "E Deus, portanto, criou os seres humanos à sua imagem, à imagem de Deus os criou: macho e fêmea os criou. Deus os abençoou e lhes ordenou: Sede férteis e multiplicai-vos! Povoai e sujeitai toda a terra; dominai sobre os peixes do mar, sobre as aves do céu e sobre todo animal que rasteja sobre a terra!".

Portanto, deu desculpas aos homens para dominar tudo, e tudo que não fosse à sua semelhança poderia ser extinto sem que fosse pecado. E o homem aceitou isso literalmente e, como uma ceifa gigante, vai aniquilando tudo o que encontra pela frente, mostrando uma face não muito benevolente do criador. Semelhante ao paradoxo da pedra que pergunta: "Deus é onipotente para criar uma pedra que ele não possa carregar?". E se não pode carregar não é onipotente? Eu pergunto se em vez de dizer "dominai tudo" não deveria ter dito "cuidai de tudo". E a resposta dos crentes é sempre a mesma: "Deus sabe o que faz".

Essa é a grande diferença entre os seres, Cristiano Broussard de Albuquerque, tudo deve ser nosso. Se você soubesse o que pensam os xerentes... Mas depois falo sobre nossa permanência entre eles!

Após tanto tempo confinado, durante dias inteiros, no meio de tantos ideais filosóficos — que sempre contrastavam com o livro de anatomia de Vesalius, que pareciam perguntar o tempo todo se havia realmente necessidade de ir além da natureza física, que nos rodeavam todos os dias para obter a felicidade — penso que os humanos realmente são os únicos a viver em dois mundos: um físico, lógico e verificável; e um outro, que só a imaginação é capaz de acreditar sem ver.

Quando comecei a frequentar a biblioteca com Feliciano Firmino, o objetivo era aprender um pouco de latim que possibilitasse enganar o povo durante a missa. No entanto, o entusiasmo dele em relação aos temas metafísicos era tanto que logo ele me envolveu nesses temas. Assim, com mais dúvidas que respostas, nasceu entre nós uma cumplicidade que só terminou quando eu, com todas as perguntas sobre a vida ainda não esclarecidas, pensei em dar a extrema-unção a Feliciano Firmino, junto ao rio, entre o cheiro da pólvora deixado pelo disparo da tocaia e o cheiro do fumo-de-corda, lembrança de Emerinha.

Depois de algum tempo, eu rezei a primeira missa em Nova Ilusão na inauguração da igreja. Houve festança inesquecível depois da missa. A igreja havia sido construída com a ajuda de todos, inclusive de ateus e fiéis de outras religiões e credos — no povoado havia representantes de diversas correntes de pensamento que acreditavam na parte não palpável e não verificável de nossa mente. O prédio da igreja foi construído todo em madeira: paredes, bancos, púlpito, cruz e telhado. O altar foi talhado em uma pedra bruta de onde sobressaía uma imagem de Cristo, também esculpida em madeira.

Quando eu iniciei a missa, sentia que realmente era um padre e tinha a capacidade de me comunicar com o senhor e ligar toda aquela gente ao Céu.

Sim, Cristiano. Eu estava nervoso, apavorado, diria, mas determinado a levar adiante aquela farsa que não mais me parecia uma mentira. Interessante como um ritual mexe com a gente. Naquele momento, eu acreditava em coisas que nunca acreditei.

Para rezar a minha primeira missa eu e Feliciano Firmino havíamos preparado uma sequência semelhante à que ele havia assistido em sua primeira comunhão — não ficou muito parecida — mas foi o que fizemos.

•••

A princesa alemã, esposa de Cristiano, que ficava me ouvindo junto a ele, interrompe e me pergunta se eu não fiquei com medo de ir para o Inferno. Respondo que de todas as coisas más que fiz no passado, acho que aquilo foi o menos perigoso para o caminho do Inferno.

Nos ritos iniciais, os pássaros ensinados por Bartolomeu, que ouvíamos no povoado, iniciaram o *Te Deum Laudamos*.

Tião Ekundayo era um africano que tinha fugido da escravidão e que a cada vinda ao povoado trazia filhotes de papagaio, maritacas, araras, periquitos e outros pássaros. Eram filhotes que ele pegava na mata e trazia para os habitantes do povoado. Tião foi de muita importância para Nova Ilusão, depois conto sobre ele. Esses filhotes foram ensinados por Bartolomeu e conseguiam cantar em conjunto.

•••

Pois bem, depois dos ritos iniciais, apresentei os trechos em latim da Bíblia que havíamos preparado. Não, não entendi nada, Cristiano, mas quem entendia? Posso dizer apenas que era bonito e que impressionava.

Passamos ao rito da palavra e, quando cheguei no sermão, todas as leituras de religião, anatomia e filosofia que aprendi em minhas visitas à biblioteca se misturaram, resultando em um sermão que iniciou com histórias da Bíblia e terminou com proposições de conceitos de Spinoza sobre o que era o paraíso, os santos e Deus. Conceitos esses que misturei com o cotidiano de cada um, com suas dificuldades do dia a dia.

Depois desse primeiro encontro, eu repetia a missa todos os domingos, variando nos sermões até que Feliciano Firmino retornasse da Europa. Numa época em que o princípio da revolução estava ganhando corpo, e os representantes do clero que moravam na capital já estavam escutando rumores sobre um padre barbudo que rezava missa a céu aberto, começaram a duvidar da minha capacidade de conduzir missas. As missas que no início eram celebradas dentro da pequena igreja, em função do sucesso, começaram a ser celebradas entre a natureza, num local preparado próximo ao povoado, que os padres jesuítas, que vieram depois, classificaram como heresia.

TIÃO EKUNDAYO

As histórias de Tião sobre os indígenas e sobre o povo da África encantavam Feliciano. Dessa forma, Donana não teve dificuldade em convencer Feliciano Firmino Dante de Mendonça a acompanhar Tião Ekundayo e ficar junto a ele e sua família algum tempo aprendendo sobre a natureza, pois percebera que as matérias do espírito e da alma estavam começando a se embaralhar de forma perigosa na mente de seu filho. O Coronel Broussard concordou, como sempre fazia quando era questionado sobre casos não convencionais.

Feliciano Firmino preparou um embornal com poucas mudas de roupa, se despediu de Donana e do pai José Firmino e seguiu com Tião para a Pequena Serra, prometendo que voltaria dali a uma semana. Em verdade, voltou um ano depois. Nesse período eu o visitei várias vezes.

Antes de contar esta parte da história vou deixar minha memória fluir passo a passo para não correr o risco de travar tudo. Vou contar o que Feliciano Firmino me contou sobre tudo o que ocorreu na mata em companhia de Tião e dos indígenas. Mas antes vou explicar quem era Tião Ekundayo.

Ele apareceu no povoado um dia de manhã procurando pelo Coronel Broussard. Chamava-se Tião Ekundayo e passou a ser chamado de "seu Tião". Era negro, nascido no continente africano e trazido para o Brasil para ser escravo. Era época da escravidão dos negros, essa praga que sempre acompanhou a humanidade, e que segundo o Coronel em uma de suas visões do futuro, afirmava que sempre acompanharia a raça humana e que quando fosse proibida a escravidão dos negros, a senzala seria trocada pela edícula e pelos casebres, e a escravidão social continuaria para sempre, assim como a casa-grande.

Antes, na época dos grandes impérios, como o Império Romano, o Persa e outros, já havia escravidão entre os humanos. Sem distinção de cor, todos que eram derrotados nas guerras, pobres eram vendidos pelos pais para poder sobreviver e se tornavam escravos de seus compradores. Depois, resolveram que ter a cor da pele negra excluía a possibilidade de ter alma, espírito, ética, moral e Deus. Portanto, passaram a ser considerados animais. Essa tamanha excrescência da moral humana foi endossada por chamados cristãos, em que o catolicismo teve forte influência ao apoiar essa barbaridade moral. E os negros substituíram os escravos brancos com todo apoio da classe sacerdotal dominante;

a cristã. Coitado de Cristo, os cristãos começaram a ser os maiores inimigos de sua proposta de amor.

Seu Tião apareceu no povoado porque ficou sabendo que o Coronel Broussard não aceitava a escravidão. Nas terras dele eram todos iguais.

Seu Tião apareceu numa sexta-feira e continuou a aparecer todas as sextas antes do fim de cada mês. Era muito magro, vestia calças tão curtas que mostravam o meio das canelas. Também usava uma jaqueta, que se não fossem os tantos remendos por que passara, poderia ser alguma farda militar. Usava um chapéu cônico feito de folhas de palmeiras que protegia a cabeça do sol e da chuva.

Chegou trazendo um cesto com produtos do campo: palmito amargo, conhecido como "gariroba", que era retirado das palmeiras que cresciam ao pé da Serra. Trazia a serralha, uma verdura da mata que podia ser comida cozida e misturada ao feijão-de-corda. Trazia as bananas da Serra e frutas silvestres da época que encontrava na mata. E o que chamou a atenção de todos com mais curiosidade é que trazia, também, dentro de uma gaiola feita de pequenas varas arredondadas, alguns filhotes de papagaio, de periquitos e uma variedade de pássaros canoros que habitavam a mata — todos filhotes começando a empenar.

Ele se aproximou e foi logo procurando o Coronel para lhe mostrar e entregar aqueles presentes. Quando encontrou o Coronel, tomou suas mãos e as apertou com sua força de homem da roça. Depois, cumprimentou dona Santinha, tirando o chapéu, dizendo:

— Às suas ordens, madame.

Logo depois de conversas entre eles, o Coronel Broussard ficou sabendo que ele era fugitivo com a mulher e que os dois tinham encalhado no pé da Serra que ficava perto do povoado de Nova Ilusão, ficando ali com a esperança em Deus. Já tinham dois filhos nascidos ali no meio do mato e viviam da terra. Tião fizera amizade com os indígenas que moravam ali por perto e aprendera os segredos da vida na mata de forma que não passava fome. Ele fazia o plantio de mandioca e milho que, misturados com frutas silvestres, era o suficiente para viver. Conseguia alguma rara caça ou peixe para completar a dieta e nunca tinha ficado doente. Só a alma é que ainda não tinha sossegado completamente com as lembranças do que ocorrera com eles durante o tempo que foram escravos. E ele, quando perguntado de onde tinha vindo, respondia: "É melhor não procurar o passado, só se encontra coisa ruim". Alegria dele e da sua família era viver ali protegido pela mata e pelos espíritos. Foi fácil naquele rincão lembrar-se e abraçar os espíritos de seu povo africano e sentir conforto espiritual naquele fim de mundo, sem ter medo de surras e castigos se não aceitasse o Deus "correto" ou não trabalhasse até morrer.

Depois desse dia, tomou confiança no Coronel Broussard e no povoado, mas ainda assim não dizia onde era sua choça ao pé do morro e nunca quis trazer a mulher e os filhos, desconfiança compreensível.

Quando Feliciano Firmino conseguiu sua amizade, ficava sempre à espera da sexta-feira, como muitos do povoado, para conversar com ele. Tião depois de cumprimentar o Coronel, pedir a bênção à dona Santinha e entregar os presentes retirados das matas e distribuir as encomendas feitas pelos habitantes de Nova Ilusão — um filhote de papagaio aqui, outro filhote de periquito ali, um palmito guariroba acolá, um pássaro canoro para outro. Sentava-se para comer alguma coisa que lhe era oferecida e danava a responder às perguntas. Contava os causos da escravidão que deixava a quem não a presenciara danados; contava os causos de sua terra natal e dos indígenas que viviam perto da Pequena Serra.

    Tião começou a trazer os filhotes de periquitos, maritacas, araras, papagaios e outras espécies de pássaros que formavam a fauna de aves dessa terra prodigiosa para cada habitante do povoado. Feliciano Firmino ficou sabendo, quando a amizade entre os dois se estreitou, que eram os filhotes mais novos de cada ninho. Aqueles filhotes que, por não conseguir comida na disputa com os irmãos, acabavam morrendo. Tião explicou que os filhotes não nasciam ao mesmo tempo, havendo diferença de dias dependendo do espaço entre os ovos postos. Ele subia e verificava cada ninho, retirando filhotes que poderiam morrer, tratava deles e os levava ao povoado.

    Logo, em cada casa do povoado tinha um ou mais desses pássaros. Começavam, assim que o dia amanhecia, a fazer tamanha algazarra que ninguém mais dormia. Bartolomeu, que também era negro e tinha vindo com o Coronel Broussard no começo do povoado, resolveu que deveria pôr ordem naquela gritaria e aproveitar de uma forma mais sensata aquela barulheira.

    Famoso por suas invencionices, Bartolomeu começou a treinar os pássaros. Começou a ensiná-los todos os dias, às cinco horas da manhã. Ensinava aos periquitos, às araras e às maritacas. Assim, quando o sol começava a aparecer, o som ia do si bemol dos periquitos, passava pelos sustenidos das araras e, quando chegava ao bemol das maritacas, as mulatas começavam a gritar que era hora de levantar. Tudo isso seguido do canto dos curiós ou avinhado, o bicudo, o trinca-ferro, a coleirinha ou papa-capim e o canário-da-terra.

Às nove da manhã, começava tudo outra vez. Quando era hora de comer, às cinco da tarde, gritavam que era hora de jantar, e às oito, que era hora de dormir. Aos domingos, eles chamavam para a missa que eu ia conduzir. Ninguém nunca entendeu como os pássaros conseguiam marcar os períodos do dia, mas o faziam com tamanha precisão que começava uma gritaria no povoado, dispensando a preocupação com relógios. E o grande sonho de Bartolomeu era conseguir que os periquitos fizessem o som dos clarinetes; as araras, o som dos violinos; as maritacas, o som dos oboés; as mulatas, o coral; e as demais: curió ou avinhado, o bicudo, o trinca-ferro, a coleirinha ou papa-capim e o canário-da-terra apresentassem o som de fundo de forma que pudessem um dia executar o *"Te Deum"* durante a missa celebrada por mim. E aconteceu.

Um domingo, quando comecei a missa, ouviu-se um som organizado e crescente se elevar por todo o espaço e o *Te Deum* — o hino cristão do ano 387 que em latim significa "A Vós, ó Deus, louvamos", e atribuído a Santo Ambrósio, e São Niceta — se estendia durante toda missa como um hino em celebração de nossa graça e mostrava o esplendor de Deus, que criou a natureza e a harmonia entre todas as espécies.

Bartolomeu era obstinado e muito ligado à organização de móveis e objetos de forma simétrica, queria a perfeição de tudo. Um dia, Bambolino apareceu com uma máquina que dizia ter sido presenteada por um amigo e que essa máquina era capaz de produzir som, e mostrou para Bartolomeu o som de uma voz que aparecia quando ele rodava um cilindro com uma manivela, mas que infelizmente aquele era o único som possível.

Bartolomeu, encantado, logo pensou no canto dos pássaros entoando *"Te Deum"* ficar imortalizado por aquele instrumento, e agradecendo a Bambolino, entrou em seu galpão de onde só saía para comer e fazer necessidade fisiológicas. Sua esposa, dona Luzia, ficou desesperada, e o que aguentou no início não durou muito. Bartolomeu esqueceu dos compromissos com a fazenda e não ia mais trabalhar na roça, disposto a descobrir os segredos da gravura dos sons. Coube à sua mulher compensar a falta do marido com trabalhos braçais e nas folgas fazer marmitas com pequenas refeições para vender no povoado.

Bartolomeu se isolou em um cômodo da casa e ficava desmontando e montando aquele aparelho para entender seu funcionamento. No início, ele entendeu que as marcas que produziam o som quando o cilindro girava correspondiam aos sons emitidos. A grande dificuldade era como reproduzir essas marcas. Depois de meses, os erros eram motivo de piadas pelos habitantes e de irritação da sua mulher, que dizia que ele estava ficando louco e que poderia ser louco o quanto quisesse, mas não na frente dos conhecidos e dos filhos, que ficasse louco sozinho, na sua mata, com seus pássaros e sons fantasmas das plantas, enquanto ela se arrebentava de trabalhar.

Um dia, Bartolomeu apareceu todo sorridente e mostrou a todos a fala de um papagaio, dizendo que tinha conseguido o segredo de gravar no cilindro e inventado um aparelho que seria a coisa mais importante do mundo; e quando conseguisse gravar o "*Te Deum*", essa gravação mostraria para sempre a importância, não da fala dos homens, mas o cantar dos pássaros ao mundo.

Depois do acontecimento com Santinha, quando ela tinha se apaixonado por Jeremias, os pássaros começaram a se multiplicar dentro das gaiolas, de modo que Bartolomeu resolveu soltá-los para que não morressem de fome. Eles voaram para a mata, mas continuavam voltando nos horários determinados com suas cantorias, e Bartolomeu, aproveitando a chegada dos pássaros, conseguiu enfim que fosse possível imortalizar o som que eles faziam. Todo alegre com a primeira vitória, Bartolomeu passou a ficar o dia inteiro com sua geringonça na mão gravando e aperfeiçoando o som até conseguir gravar tudo que vinha da mata; o canto dos pássaros, o grito dos macacos, o barulho das cachoeiras, o cantar dos sapos e das rãs e o ruído do vento entre as árvores. Produzindo, assim, um acervo que sobreviveu mesmo depois de sua morte, como um patrimônio dos sons da mata ainda virgem do povoado de Nova Ilusão e que serviria para os mais jovens perceberem o quanto o progresso da humanidade havia destruído a beleza da natureza.

Bartolomeu acabou morrendo, anos depois, quando tentava gravar a conversa que as plantas trocavam entre si, jurando que isso acontecia, apenas os nossos ouvidos não eram capazes de perceber. O aparelho melhorado por ele, e com algumas modificações, seria capaz de gravar e amplificar os sons, mostrando aos incrédulos que as plantas eram vivas, falavam entre si, cantavam, choravam, suspiravam de tristeza — quando uma morria ou era cortada pelos homens — e conversavam com carinho com os brotos novos.

A cabana onde morava Tião com sua família ficava bem ao pé da Pequena Serra. As paredes foram construídas de pau a pique e o telhado coberto por folhas de palmeiras.

Logo, ao entrar na casa de Tião, Feliciano Firmino viu a imagem de Cristo esculpida em madeira na parede e não estava pregado na cruz, mas Cristo estava em pé, apoiado em um tronco, com o semblante alegre e calmo. Nessa fase da vida, Feliciano já não perguntava sem parar sobre tudo o que via e o que não via: a idade não diminuiu a curiosidade, ele apenas passou a perguntar a si mesmo todas as perguntas que queria. Aquela estátua esculpida em madeira por Tião, mostrando Cristo com um semblante que não parecia triste, mas sim alegre e bondoso, e dando a impressão de que olhava nos olhos de cada um que olhasse para ele, não importando a posição do olhar, o deixou perplexo e sem resposta à pergunta que ficou para sempre com ele: por que tanta morte em seu nome? E por que ele era representado pregado numa cruz e com o aspecto sofredor que ele sempre vira?

Dentro da casa, os cômodos se dividiam em cozinha e três quartos: um de Tião e esposa, outros dois divididos pela filha e filho.

A limpeza daquela cabana perdida no sertão deixou Feliciano admirado. O chão de terra batida era varrido constantemente com vassouras feitas de folhas de palmeira amarradas a um cabo da madeira, a mesa em que comiam era de varas de madeira cobertas com trançados de folhas de palmeiras que imitavam toalhas. As camas eram feitas com varas de bambu enfileirado lado a lado e o colchão era de penas de aves. Tião no início de suas visitas à fazenda tinha sido presenteado pelo Coronel Broussard com um galo e quatro galinhas que deram início a uma enorme quantidade de aves. Essas penas eram colhidas das trocas de plumagem que as aves realizavam periodicamente e não do abate. As penas eram misturadas com flores de paineiras — que existiam em grande quantidade na região — e enchiam os panos rústicos costurados como um saco, que Tião havia conseguido na fazenda, dando maciez ao se deitar sobre elas.

Coube a Feliciano Firmino dividir o quarto com o menino, e a menina ficou num outro quarto.

A esposa, como Tião, não tinha uma idade definida e era chamada de Patroa por Tião e de mãe pelos filhos. Já a menina chamava-se Maria Yétúndé — que significa "a mãe voltou" — e tinha por volta de doze anos; o menino, José Babátúndé — que significa "o pai voltou" e pareava com a idade de Feliciano — tinha catorze anos. Eram todos quietos e arredios, o que é próprio de quem já teve medo da vida.

Tião explicou a Feliciano Firmino que tinha misturado dois nomes para os filhos com a intenção de que aqueles dois iniciassem uma nova jornada na Terra, mas agora livres. Segundo ele, os dois tinham sido a reencarnação do avô e da avó no conceito iorubá; avós que viveram livres no território africano. E os outros dois nomes referenciavam os pais da única esperança que encontraram neste território.

Tião não se lembrava mais do nome que tinha quando foi pego na região da África ainda jovem; não lembrava ou preferia não lembrar.

Fora vendido a um fazendeiro e quase tinha morrido de banzo, afora os maus-tratos. Conhecera a Patroa e pedira ao senhor da fazenda autorização para morarem junto. Foi concedido, Tião era forte e a fazenda precisava de braços, por isso era incentivada a união entre os escravos como se fosse um aumento da manada. Os mais fortes, às vezes, eram obrigados a dormir com várias escravas para que o lucro do proprietário aumentasse com a venda dos filhos.

Desse período, Tião não gostava de falar. Havia fugido com a Patroa, nome que deu à sua mulher como que para vingar com ironia o tratamento dado às brancas que sempre tinham que ser chamadas de patroas. Ela, sua esposa, era para Tião sua senhora com todo o respeito que o amor verdadeiro confere.

No começo da fuga, a intenção era procurar um quilombo. Depois, ele se perdeu na mata sem saber qual era o caminho para o quilombo mais próximo, que talvez nem existisse. Depois do desespero inicial, encontraram aquele local no pé da Pequena Serra e resolveram ficar — fosse como o destino quisesse. Ali, eles puderam voltar à dignidade roubada. Aprenderam a viver com a natureza novamente e voltaram a praticar as crenças do seu povo.

Feliciano, que sempre tivera curiosidade, desta vez esperou que as perguntas que enxameavam seu cérebro fossem respondidas, com espontaneidade, por aqueles que as estavam respondendo com tanto respeito.

Um dia, Tião contou a Feliciano Firmino Dante sobre sua vida em conversas que se davam pela tarde, quando a família acabara de comer a última refeição do dia. Tinham o costume de sentar-se do lado de fora da cabana, em volta de uma fogueira. Nesse dia, Tião resolveu contar por que já tinha começado a confiar em Feliciano de uma forma que jamais pensara em confiar nos brancos. Após conversas soltas sobre banalidades como a comida e o tempo, Tião disse:

— Eu sou do povo iorubá, meu povo vem da cidade de Ifé, nome que significa amor e que foi criada por Olodumarê. Sigo Olodumarê, o ser supremo, que habita o Orum que pode ser o Céu de vocês, o mundo espiritual, paralelo ao Aiyê que é a Terra, o mundo físico. Tudo que existe no Aiyê foi criado por Olodumarê, que é também o criador dos homens e dos orixás.

Tião morava na fazenda do monsenhor ainda bem pequeno, quando chegou com sua mãe — que tinha feito o parto no navio negreiro. Aproximadamente aos dez anos, foi colocado para cuidar da biblioteca do bispo. Sim, Cristiano, Tião era como o outro lado de Feliciano, a imagem espelhada de um mesmo espírito, provando que a cor da pele não define caráter.

Esse fato, quando descoberto, deixa o indivíduo perplexo. A natureza escreve torto por linhas retas. Nesse caso, ela caprichou tanto na escrita, que criou duas almas de cores diferentes e completamente iguais, Feliciano Firmino e Tião Ekundayo. Só as datas de nascimento que não eram tão próximas para que se pudesse chamar os dois de almas gêmeas. Assim, natureza ou o Deus de Spinoza produziu duas criaturas que mostravam que a sabedoria não escolhe raças, nem cor, nem sexo. Tornaram-se tão amigos que Tião deu a Feliciano o conhecimento que ele tinha, a base necessária para o esclarecimento espiritual de Feliciano, sobre o respeito à natureza.

Quando ainda estava na fazenda, na condição de escravo, Tião aprendeu a ler escondido, com a ajuda de uma jovem sobrinha do monsenhor, que tinha a bondade de não aceitar o que faziam com os negros, pois um escravo letrado poderia ser morto a pancadas. Ele, por sua vez, aprendeu tão depressa, que foi logo capaz de ler os clássicos presentes ali. Até o dia em que se descobriu que ele sabia ler e escrever. Tião foi mandado para a lavoura com a sentença de duzentas chicotadas que deveriam ser aplicadas parceladamente, ou seja, duas a cada semana, sempre nas sextas feiras à tarde, depois da labuta. Isso para não o matar aplicando o castigo de uma vez. Não que houvesse preocupação com a morte, mas com a perda de dinheiro que valia um escravo. Tião, ao calcular que levaria cem semanas para receber o "prêmio" por sua inteligência, resolveu fugir para a mata.

Foi assim que Tião passou a orientar Feliciano Firmino sobre as coisas da natureza. Quase todos os dias o trio composto por Tião, José Babátúndé e Feliciano Firmino costumava sair para o mato em busca de plantas comestíveis e, eventualmente, uma caça, ou simplesmente viver na natureza e com a natureza.

Desse jeito, Feliciano Firmino, enfim, conheceu a terceira e talvez definitiva angústia de sua vida quando começou a comparar aquela natureza com tudo que tinha lido — sobre os filósofos, sobre as escrituras sagradas e sobre o amor iniciado com Emerinha — e ficava angustiado por não conseguir explicar a necessidade de tanta filosofia e religião se a natureza dava tudo sem cobrar nada.

Tião começou a ensinar a ele e ao filho conceitos sobre a natureza que vinham de muito tempo atrás. Conceitos que tinha aprendido em sua terra natal com seus pais e com os anciãos da aldeia. Ensinando aos dois a forma que via as coisas da vida, a cada volta pela mata.

— Nós, homens, ganhamos de Olorum a dualidade: o Céu e a terra, o material e o imaterial, o mau e o bom, o macho e a fêmea. As mulheres apresentam para nós a dualidade perfeita: amor, cuidado, devoção e beleza; versus fraqueza, deslealdade e falsidade; e nem a sociedade dos iorubás nem qualquer outra pode viver sem elas.

"O homem precisa aprender a viver entre esses dois mundos; precisa aprender a respeitar tudo que existe no mundo material e a pedir ajuda para o mundo imaterial, senão ficamos perdidos entre o que vemos e o que não vemos: os dois mundos têm o mesmo valor. Quando saí da África pensei que ia morrer de saudade de tudo aquilo que tinha deixado. O mais difícil não é a saudade pura; é saber que nunca mais vou voltar. Isso dói mais que o trabalho e que os castigos corporais. É bom conhecer outras terras e outros povos, mas é melhor quando a gente sabe que em algum lugar existe a nossa casa e que um dia poderemos voltar ao nosso porto seguro. Quando isso morre, a esperança morre junto. Vi muitos da minha raça morrerem dessa doença da saudade que vocês chamam de banzo. Muitos indígenas desta terra padeceram disso quando foram obrigados a viver em missões em que eram catequizados para acreditar em um Deus que os padres chamavam de verdadeiro, e que a religião católica era a verdadeira.

"Você viu a imagem do filho do seu Deus, eu que a esculpi e a fiz da forma que o entendo; um homem que lutou contra as injustiças de seu tempo, contra os preconceitos criados pelos próprios homens e não por Deus; lutou contra conceitos religiosos fanáticos que serviam para manter a sociedade injusta. Um homem que mostrou uma nova visão de Deus. Para os indígenas, a escravidão é mais difícil de suportar do que para nós, negros; pois suas casas ficam mais perto e a vontade de fugir aumenta porque eles têm uma coisa que nós negros não temos: a possibilidade de voltar para casa. A nossa casa é muito longe, temos que atravessar mares, por isso, quando fugimos, viemos para o mato construir um lar que os brancos chamam de quilombos e significa, na língua banto, local de acampamento. Eu escolhi viver aqui isolado, pois é mais fácil fugir.

"Muitos indígenas morreram nas aldeias de repartição. Os indígenas daqui eram forçados a ir para essas aldeias, eles chamavam isso de descimentos das aldeias originais. Esses indígenas, diziam, eram diferentes dos indígenas escravizados, não sei que diferença é essa; eram seres humanos que tinham que abandonar os costumes, as crenças e trabalhar para os brancos em troca de serem batizados e irem para o Céu. Eles tinham um banzo pior que o nosso, talvez porque sua terra de origem estava mais perto. A escravidão acontecia também em minha terra. Escravizamos os derrotados em lutas; esse costume humano de escravizar seu semelhante não tem explicação em nenhum mundo.

"A escravidão sempre existiu. Depois, os indígenas foram sendo substituídos pelo meu povo. Nossa terra ficava tão longe que nós nem tínhamos ideia de onde. Então, só nos restava o mundo espiritual para sobreviver nessas condições, mas nem esse nos era permitido, pois tínhamos que aceitar a religião dos brancos. A sorte ou a maldição é que todos os povos vivem em dois mundos e só o nome é diferente; tínhamos o Céu, Olodumarê e tínhamos os orixás que começamos a chamar com nomes dos santos, criando o sincretismo entre o catolicismo e as religiões de matriz africana, e isso nos ajudou a viver.

"Nós, iorubás, acreditamos que as divindades podem punir as pessoas que terão uma morte ruim, mas o julgamento final pertence a Olodumarê, que decide quem são os bons e os maus. Os bons vão para o Céu bom, voltando para a essência que é Olodumarê, e os maus para o Céu mau. Esse julgamento depende das ações dos indivíduos na Aiyê, que é a Terra com seu mundo físico.

"Após o Olodumarê, a pessoa boa tem permissão para ir ao local habitado por seus ancestrais. A pessoa má vai para o Céu mau, onde sofre muito.

"A forma física humana nós chamamos ará e foi moldada em barro por Oxalá. Em seguida, Olodumarê insuflou seu hálito, o *emi* (espírito) e *okan* (alma), que é a essência do ser. Quando o corpo físico morre, o espírito e a essência (que aqui chamamos de "alma") não acabam, voltam para Olodumarê, e a morte não é o desaparecimento do ser. Seu espírito fica junto ao seu túmulo.

"O indígena também tem dois mundos e seu deus governa os dois. Perto, eles acham que o Sol é o deus e ele foi criado por um ser maior. Vou levá-lo aos indígenas que se chamam de gente verdadeira."

Feliciano Firmino, curioso, perguntou sobre os orixás. Tião começou uma explicação:

— Tudo o que vamos fazer nesse mundo que podemos ver e tocar pode dar certo ou pode dar errado. Isso pode depender de cada um ou não, nesse caso, pedimos ajuda ao mundo invisível que pode ou não nos ajudar. Eu acho que não ajuda. Por que ele faria isso? No entanto, é bom acreditar que sim.

"Acreditar é muito importante para conseguirmos alguma coisa nesse mundo físico. Nessa hora é que devemos acreditar. Sempre que você fizer alguma coisa aqui, primeiro pense se não vai prejudicar ninguém, depois peça permissão ao mundo invisível, que ajuda a controlar as coisas materiais que podem dar errado.

"Olodumarê ou o Céu criou os orixás que servem de intermediários entre ele e tudo que existe. Não pense que os orixás vão ajudar você contra outros ou contra qualquer coisa que existe no mundo físico. Não pense em fazer mal aos animais nem às plantas. Orixá é um nome que damos a um propósito, cada ação que vamos praticar evoca um.

"Assim, quando vamos caçar, pensamos em Oxóssi, para que ele nos mostre a caça que é possível. Devemos caçar para comer, não para matar, devemos comer quando temos fome e não para encher a barriga até vomitar. Devemos comer o necessário. Quando vamos matar uma planta, devemos fazer para alguma coisa que precisamos, e devemos escolher uma entre tantas, então, pedimos a um orixá que nos indique qual.

"Nosso povo cultua Iroko, mas existem outros nomes, o importante é entender que tudo tem um espírito que comunica o visível com o invisível. Isso tudo ajudou meu povo que veio de tão longe a suportar a vida. Encontramos nas suas crenças semelhanças com as nossas, no Pai único, no Filho e nos santos. Não encontramos nos homens de sua raça porque nós nunca obrigamos, como eles nos obrigavam, a acreditar em um nome em vez de um conceito."

O que fez Feliciano indagar a Tião sobre a figura de Cristo na cruz que viu em sua casa, Tião, após pensar, responde:

— Esse foi o maior de todos. Ele não condenou as cores dos homens, nem as religiões, desde que elas fizessem o bem, penso que foi uma das lutas mais duras que ele enfrentou, pois foram os pseudorreligiosos da época que o mataram. Ele ensinou o amor a todos os seres vivos, como nós o entendemos. A única coisa que ele pedia era o amor a Deus, esse ser que criou toda essa natureza que temos para nos servir, seja o Céu o que for e Deus o que querem que seja, não é à nossa semelhança, pois Ele é amor puro e não me parece que o homem ainda seja isso. Por isso eu o respeito tanto, não há incompatibilidade com a minha crença ancestral.

    Feliciano Firmino ia ouvindo e lembrando de todas as leituras que fizera na biblioteca do Coronel Broussard, tinha sobressaltos de angústia ao recordar da exclamação de Emerinha sobre os porcos e os homens serem iguais por dentro. Começava a firmar em seu caráter a dúvida se valia a pena nominar com nomes tão diferentes conceitos que lhe pareciam tão semelhantes, mesmo entre povos tão diferentes e de lugares tão separados que se misturavam como uma coisa só. Conceitos que eram semelhantes à primeira imaginação que ele teve ao se deparar com as figuras de anatomia de Vesalius, quando confundiu seu espírito e sua alma ao procurar onde eles estavam entre essa mistura de veias, tripas, pulmões e cérebros separados e misturados. E, portanto, se eram iguais todos, por lógica, teriam as mesmas essências de almas e espíritos independentemente de qual religião professavam e que, portanto, os animais também têm, igual aos homens, o direito de não serem excluídos do Céu, que é o símbolo mais universal da criação do Universo. Já que o Céu é inerente ao progresso espiritual de cada um dos seres ou coisas materialmente existentes. Jesus descreveu o Céu como uma grande festa onde não há tristeza nem sofrimento, e Tião termina dizendo que todos têm direito ao Céu e não apenas alguns poucos escolhidos, que pensam que são os únicos a falar com o "Céu". Assim, quando entendermos esse conceito haverá respeito a todas as criaturas que Deus criou.

Feliciano Firmino entendeu por que Tião levava tantos pássaros para a fazenda. Um dia, ele viu Tião observando uma árvore alta que tinha um oco quase na copa, logo saiu um papagaio e começou a voar em volta deles para depois sumir na distância. Tião subiu com seu filho e convidou Feliciano Firmino a acompanhá-los. Dentro do tronco havia três filhotes, dois eram maiores, enquanto o terceiro era pequenino. Tião pegou o pequenino, retirando-o do ninho e levando-o para tratá-lo, dizendo:

— Quando ele crescer, eu solto. Ou levo para Bartolomeu, que sabe respeitá-los como criaturas do céu.

XERENTE

Um dia, Tião convidou Feliciano Firmino para conhecer os indígenas que viviam próximos. Começou a ensinar a ele sobre a origem e os costumes. E depois, Feliciano me contou sobre a sua convivência com os indígenas e as conversas que teve com eles, e vou tentar passar para você, Cristiano, as partes que me lembro.

Ele me disse que ouviu as histórias deles contadas pelos mais velhos que diziam: "Nosso povo, que vocês chamam de indígenas, nós chamamos de 'akwen', que significa gente importante. Nossos espíritos vivem no Sol, na Lua e nas estrelas. Acreditamos que tanto os homens quanto as árvores e os animais possuem espíritos".

Foi quando Feliciano estava me contando essa passagem que questionei a ele perguntando:

— Emerinha era uma simplória ou uma sábia quando comparou a anatomia dos órgãos humanos a um porco estripado?

Tião disse que, no passado, eles viviam junto aos xavantes e habitavam a região central do país. No início, constituíam uma só nação que se denominava "akwen", que pode significar "O que é humano". Ele me contou que os xavantes e xerentes, quando viviam juntos, constituindo uma nação, quiseram atravessar o rio Araguaia, fugindo da proximidade dos homens brancos. Os xavantes atravessaram o rio e seguiram adiante. Quando os xerentes quiseram atravessar, surgiram no rio os grandes peixes encantados e os amedrontaram, fazendo com que eles ficassem para trás. Desde então, os xerentes ficaram no Morro Perdido e nunca mais se encontraram. A língua xerente é uma língua da família Jê, pertencente ao tronco Macro-Jê. As práticas de plantio e a crença em entidades espirituais são elementos fundamentais para a manutenção da sua cultura, ao contrário das minhas crenças e de Tião.

— Minha gente, que veio da África, criou o Olodumarê. Eles acreditam no Sol e na Lua como criadores da nação xerente. O deus Sol, "Waptokwá", que eles chamam de "Waptokwa Zawre" (nosso grande pai), é o pai de todos os indígenas. No começo, quando Bdâ e Wairê Sol e Lua estavam juntos olhando a criação, Bdâ, pegando um pequeno talo de buriti, jogou-o na água. O talo de buriti submergiu e imediatamente voltou à tona. Aí Bdâ disse: "Nossos filhos vão morrer e logo tornar a viver". Wairê não concordou, pois assim iriam aumentar muito sobre a Terra, e não existiria caça suficiente para todos, e eles iriam comer uns aos outros. Então, pegando uma pedra, jogou-a na água. A pedra afundou e nunca mais voltou à tona. E os xerentes dizem que, se não fosse assim, hoje eles não estariam chorando a morte dos entes passados.

"Para eles, xerentes, 'tudo tem vida'. O homem, os animais, as pedras, as árvores, as águas e toda a natureza se comunicam; tudo o que se vê neste mundo está ligado entre si e com o Céu: os corpos celestes e os corpos terrestres, os humanos, os animais, os vegetais e até o que não se move.

"Acreditam, como o meu povo, que existe muitos espíritos habitando matas e rios, que servem como mediadores entre o ser humano e os espíritos. Os pajés são tidos como conhecedores do mundo dos espíritos e têm meios para mediar as coisas entre o mundo visível e o mundo invisível. Semelhante às minhas crenças e às tuas. Tudo se divide entre o que se vê e tenta modificar, e o que não podemos ver e nem modificar. Nesse caso, aparecem os indivíduos que dizem que conseguem falar com o mundo invisível e são respeitados porque todos gostariam de ter esse poder. Esses indivíduos existem entre todos os povos e todas as religiões."

Você não gostaria, Cristiano, de ter esse poder? Seria respeitado como os xamãs de outrora, os padres e sacerdotes de hoje. Coisas em que eu, frei Barbudo e Bambolino, um padre falso e um andarilho do tempo, não acreditamos: que possam falar com nada, mas sim enganar a todos.

— Se alguém chegar numa povoação xerente — continuou Tião — e perguntar por que as pessoas morrem, eles não darão uma resposta simples. Eles irão contar uma história que explica a razão da presença da morte na experiência humana. São acontecimentos simbólicos que chamamos de mitos, que aconteceram num passado, numa era imaginária em que tudo era bom. Vão contar sobre o Sol e a Lua, que deram origem aos povos em geral, vão falar sobre a crença que têm nas almas dos homens, dos animais, das plantas e de tudo o que existe sob o Céu. Mas almas dos homens não sobem ao Céu depois da morte, elas vivem na terra, nos lugares em que os corpos foram enterrados, transformando-se em outros seres ou em fantasmas.

"Os pajés têm a função de curar doenças com ervas, mas também com transes extáticos, nos quais vão em busca da alma que abandonou o enfermo. A morte não é simples, pois, na verdade, ela não existe se pensarmos na natureza, as coisas da natureza se modificam e se transformam, mas não acabam, só se transformam. Partes de um homem enterrado podem fazer parte de uma árvore e de um fruto dela."

Feliciano Firmino voltava a pensar nos conceitos de Spinoza e se admirava de como Tião podia saber sobre essas coisas. Ele entende que nosso povo será formado por essa mistura de conceitos que tentam explicar o papel dos homens neste mundo palpável, com explicações do mundo imaginário que não determinam uma única religião verdadeira, mas vários estados de espírito e almas, baseados no respeito mútuo e que só expressam a coisa mais importante sob o Céu: o amor a tudo o que existe na Mãe Terra.

"Não podemos modificar toda a natureza; não controlamos as chuvas, os raios, a seca", dizia Tião.

E Tião continuou a contar seus próprios conceitos a Feliciano:

— A natureza é nossa mãe. É a fonte de vida e beleza que nos rodeia. Ela nos fornece alimentos, ar puro, paisagens deslumbrantes e um refúgio para relaxar e renovar nossas energias. A preservação da natureza é fundamental para o equilíbrio da nossa Mãe e para a nossa própria sobrevivência. Devemos cuidar e respeitar a natureza, buscando formas de viver em harmonia com os animais e com as plantas. A natureza é um tesouro que devemos proteger e valorizar para as gerações futuras. É uma bela obra de Deus, seja ele qual for, mas de um Deus do amor; toda ela foi feita para nós num gesto de amor. A natureza está repleta de beleza, harmonia, cores e lições que nos ensinam a viver.

Nesse momento, Cristiano, eu estava visitando Feliciano e estava junto com eles e os indígenas quando apareceu Bambolino. Eu já não sabia se ele aparecia mesmo ou era um ente dentro da minha alma que só eu conseguia ver. Então, perguntei ao pajé se ele via o homem ao meu lado. Ele respondeu: "Vejo um senhor relativamente jovem ao seu lado". Fiquei aliviado ao entender que não estava completamente louco — um pouco, talvez. Não era imaginação. Bambolino parecia realmente mais jovem. Seus dentes, antes escuros, agora pareciam mais claros, e ele sorria quando disse:

— Frei, a juventude acaba com a rabugice e melhora os sonhos.

E me olhando, começou a falar mais do que estava acostumado, próprio dos jovens tagarelas:

— O senhor aqui está com toda razão — referindo-se ao pajé xerente. — Você vai ver o que vai acontecer, frei. Aliás, não vai ver, você vai acabar antes.

Quando o questionei sobre isso meio apavorado, Bambolino me encarou com aquele olhar maroto e não respondeu.

Disparou a falar, todo entusiasmado, para mostrar sua cultura superior sobre uma aberração que não parecia ser matéria nem energia, mas que era capaz de alterar o espaço e o tempo, como havia demonstrado Feliciano por cálculos matemáticos.

Capítulo 1, versículo 28 do Gênesis. Voltou outra vez a citar a origem da vida, escrita em um capítulo da Bíblia:

— Deus, em vez de dizer: "dominai sobre os peixes do mar, sobre as aves dos Céus e sobre todo animal que rasteja pela terra", deveria ter dito: "cuidai dos animais" e não "dominai". Erro, como a história da pedra? Que causou uma grande confusão entre os teólogos: "Pode Deus criar uma pedra que não consegue carregar?". Caso sim, então não é mais onipotente; caso não, nunca foi onipotente.

"Não sei. Penso que essas palavras foram colocadas na boca de Deus pelos homens e é preciso tomar cuidado, porque às vezes são ditas coisas que embaralham toda a lógica de um ser perfeito. No entanto, a natureza é tratada há muitos anos como um ser vivo, a Mãe Terra (Gaya) dos gregos.

"Vladimir Vernadsky, aluno do criador da Tabela Periódica dos Elementos, o russo Dmitri Ivanovich Mendeleev, reconheceu o planeta Terra como um sistema esférico que se autorregula. Portanto, frei, se não cuidarmos dela, não cuidamos de nós e o homem é o único animal que mata sua própria mãe, com exceções."

E, rindo, foi embora para a mata, se despedindo de mim.

O pajé me olha assustado e não diz nada, mas balança a cabeça concordando. Eu sinceramente não entendi mesmo e não balancei a cabeça, mas fiquei com vontade de dar um tapa nele.

Enfim, nossa agradável permanência entre esses indígenas tão alegres e calmos estava terminando, e era hora de voltar.

Quanto à nossa filosofia, eu fiquei confuso, pois todas as teorias de todos os filósofos que havia lido na biblioteca do Coronel e discutido com Feliciano deixaram agora a certeza de que, para entender as razões humanas e os seus comportamentos, não era necessário tanto estudo na biblioteca. Os grandes filósofos haviam perdido tempo, pois deveriam viver entre nosso povo para entender que a vida e a felicidade são muito mais simples quando não se propõem a impor uma crença, um costume ou uma dominação entre os homens.

EUROPA

Europa, filha do rei da Fenícia, Agenor; irmã de Cadmo e raptada por Zeus, marido de Hera. Também nome de um continente complexo desperdiçado em guerras, dominado por absolutistas ungidos por uma religiosidade que se propõe como manifestação sagrada de uma potência sobrenatural.

Chegou o dia que Feliciano Firmino deveria completar os estudos em outra cultura. Quando estava a partir, sentiu o banzo forte e lembrou-se das palavras de Tião:

— Você tem para onde voltar.

Foi para a França, como queria seu padrinho. E, depois de tantas arrumações, foi levado para o litoral onde tomou o navio. Ia com recomendações para estudar na Universidade de Paris, o que demonstrou a incompreensível influência do Coronel. Tinha muitos amigos na capital francesa, provavelmente maçons, que o iriam orientar, além de dar moradia e conselhos.

Portanto, quando Feliciano Firmino chegou à França, foi recebido por amigos do Coronel Broussard de forma tão calorosa que teve ainda mais certeza de que o padrinho pertencia a uma ordem secreta. Pois foi bem tratado e teve acesso a tudo que deveria formá-lo um político importante na Nova República: aperfeiçoou o francês na Universidade de Paris, visitou os lugares das grandes vitórias e derrotas de Napoleão e assistiu a discussões universitárias. Na universidade, a única coisa que o impressionou foi imaginar que estava onde Vesalius estivera. Os demais lugares históricos da França e de outros países que visitou só lhe lembraram do terrível frio do inverno, da multidão de indigentes e da Revolução Industrial, sempre se lembrando das palavras de Tião: "Você tem como voltar à sua terra e à origem quando quiser, nós, negros, não temos a menor possibilidade".

E ficava com o sentimento e o prazer ao lembrar-se de sua mata, do seu sol, dos rios, das florestas, da amizade dos indígenas, da lembrança de Emerinha com seu porco estripado e da amizade de Tião, que não precisava mais que a paz de viver na mata e o sentimento de não ter dono para se sentir no paraíso. Percebia que todos ali tinham donos e que a escravidão mudava de roupa, mas continuava entre os pobres que não sabiam por que eram pobres, o que nem as explicações de um Deus consolavam, tampouco a promessa de um paraíso após a morte.

Depois de três anos, o capitão Feliciano Firmino, vendo todo o esplendor da Europa, o qual todos imaginavam ser seu desejo final, concluiu num grito desesperado:

— Aqui, Deus é a tecnologia e a guerra, não a natureza.

Então, imaginou que toda a evolução material que estava vendo na Europa só poderia ser culpa do inverno. Pois, para ele, foi o grande responsável pela Revolução Industrial, já que só a necessidade de se proteger do inverno levara ao invento dos teares, sendo o resto uma consequência lógica.

Assim, não fosse a necessidade que cada um tinha de se aquecer de tanto frio, ao contrário do paraíso onde Feliciano havia nascido, não precisaria de tantas invenções, nem de tanta guerra, nem de tantos heróis, nem de complicar tanto os ensinamentos de Cristo; e não haveria tantos filósofos tentando ensinar como viver entre aquela desigualdade social que era culpa das catástrofes do inverno. Os europeus iniciaram as grandes navegações porque queriam abandonar esse clima e viver onde a abundância de comida e a falta de catástrofes naturais não precisariam de tanta técnica para viver, contrariando o conceito de que os conquistadores queriam somente a riqueza dos povos conquistados. A partir daí, criou a convicção de que ele deveria voltar ao paraíso em que nascera.

Na capital da liberdade, acabou tendo contato com todo tipo de luta na preservação do sonho de liberdade individual de cada um. Ali, seu espírito acabou sendo moldado por todos os ideais de liberdade e por todos os conceitos filosóficos que procuravam dar sentido aos confusos dogmas das lutas religiosas que eram travadas no continente europeu. Duas coisas não saíam nunca de sua mente, se embaralhando e o impedindo de dar conjunto e definição para sua vida: o tratado de anatomia de Vesalius e as teorias da alma, que alimentavam de forma tão diferente a *"machina corporis"*. Pois só precisava daquilo que entrasse pela boca, para manter todo aquele mistério e manter todos aqueles órgãos, ossos e músculos que permitiriam a continuidade da vida e do pensamento.

Outra questão mais simples era o desejo por sexo, que aparecia sempre misturado com o cheiro de fumo. Feliciano precisou de toda força de caráter do mundo para dar conta, nos intervalos de seus estudos, de tantas mulheres que queriam conhecer aquela desproporção. De forma que, na França, ele conheceu a sofisticação do amor e a disputa que as madames, casadas e solteiras, faziam ao apostar quem conseguiria derrubar aquela árvore gigantesca, que tinha aumentado ainda mais em relação à época de Emerinha e que só amolecia quando ele começava a sentir o cheiro de cigarro de palha — coisa que podia demorar até dois dias — e que deixava as mulheres com a sensação de que seus músculos, ossos e vontades seriam transformados em qualquer coisa nas mãos daquele macho enorme.

Elas tinham a sensação de que apenas uma sessão de sexo com Feliciano Firmino era suficiente para estarem prontas para deixar essa vida material e se dedicarem ao ganho do éter. Durante seus passeios pelo continente europeu, escutou em diversas línguas: *"démesuré"*, em francês; *"huge"*, em inglês; *"riesig"*, em alemão; *"enorme"*, em espanhol; *"enorme"*, em italiano; *"geweldig"*, em neerlandês.... E sempre sentindo o cheiro de fumo de cigarro de palha que nunca o abandonou.

O capitão Feliciano, pois, nunca aceitou título maior que o do padrinho; haveria de recordar para sempre e com saudade aquele primeiro amor. Lembrava-se do buraco entre os dois dentes da frente — resultado de uma cárie — e do cheiro do cigarro de palha que impregnava os cabelos negros da menina.

Mesmo com marquesas engomadas e perfumadas, e com todas as outras que suspiraram "enorme", na hora exata do orgasmo, ele sentia o cheiro forte do fumo--de-corda. Isso era um aviso de que não iria conseguir manter a ereção por mais tempo e tinha que gozar. Mesmo com a fama de conseguir manter firme a ereção por muito mais tempo que os demais — habilidade que ele adquiriu durante a revolução, e que o fazia ser tão solicitado pelas mulheres, que reclamavam da "trepada de galo" de que eram vítimas quando faziam sexo com outros homens —, quando o cheiro de fumo aparecia, ele não conseguia segurar o orgasmo. Foi mais uma teimosia de sua natureza que nunca abandonou: conseguia manter uma ereção até sentir o cheiro do tabaco forte, que por vezes demorava até dois dias. Mais do que dois dias não conseguia, esse era o recorde, mas o suficiente para agradar a todas as mulheres que conheceu.

Só houve uma mulher, recebida entre as folgas da revolução que nunca houve, que mudou a sequência das coisas. Não deu nem para saber o nome dela, só soube depois: era Antônia. Quando a viu, sentiu um desejo sexual que jamais pensou que poderia existir. Era uma mestiça, pois devia ter sangue de todas as raças que existiam naquele fim de mundo, onde seu exército estava tentando proteger a República de Nova Ilusão das forças legalistas, que insistiam que eles não tinham o direito de viver em paz junto à natureza.

Na primeira oportunidade ele a convidou para ir à sua barraca de campanha. Não houve recusa, era um privilégio servir a tão famoso guerreiro. Foi nessa barraca, no meio de um orgasmo, que ela morreu de uma bala destinada a ele. Morreu logo após o gozo. Foi a única vez que ele sentiu o cheiro do cigarro de fumo forte antes de tirar a roupa, antes da penetração, e gozou em seguida sentindo a sensação de gozo com a boca entre seus cabelos, jurando que nunca mais sairia dali, quando percebeu o choque da bala na cabeça da menina que, morta, amoleceu em seus braços, deixando-o paralisado e de pinto duro, olhando para o nada por um dia.

Acabou tendo de ser vigiado por seu sargento de batalhão durante todo esse tempo e por mim depois, por uma semana. Uma semana que parecia ter levado a revolução para algum lugar desconhecido, junto com sua alma e a alma da menina, cujo nome ele não sabia e nunca ficou sabendo, para não perder aquele sentimento que jamais voltou. Quando acordou, contra todos os pareceres, o capitão Feliciano Firmino determinou:

— Não era possível, era muito amor. Vamos continuar a revolução.

E a sensação de que a alma se fora junto à bala perdida, deixando só o espírito, persistiu até que a próxima bala, muitos anos depois, levou para sempre o espírito de Feliciano. Durante o enterro, o cheiro de cigarro de fumo-de-corda fez com que os acompanhantes procurassem em todos os cantos de onde vinha, pois parecia estar em todo lugar, persistindo por muitos anos ao lado do túmulo, como diziam os xerentes.

De todos os livros que começou a ler ainda criança, o contraste das obras de filosofia com o tratado de anatomia, a observação de Emerinha e o frio que sentiu na Europa definiram, sem que ele jamais soubesse, o futuro que o levaria a ser morto sentindo o cheiro de fumo.

Feliciano Firmino, lembrando de toda literatura que havia lido e de todas as discussões comigo, chegou à conclusão de que todos os povos pensavam igual em relação à vida do mundo imaterial, e que só palavras eram diferentes. Sua mente interrogadora começou a duvidar de que haveria algum dia uma só verdade, e que a verdade sobre esse assunto nunca seria descoberta, porque era uma só e negada por todos: a natureza era dona de tudo, e a única verdade era sua existência.

Quando tinha voltado da viagem à Europa, compreendeu que, por meio da cultura que lá encontrou — e que se queria impor como correta e como possibilidade de uma vida feliz —, era necessário o lugar físico para entender tantos conceitos abstratos. Naquele fim de mundo, de vida agrária e simples, onde não tinha inverno, pestes, nem a quantidade de guerra e pobreza que ele encontrou espalhadas pela Europa, ninguém iria entender tantas ideias sobre o comportamento humano que naquele continente se formaram e que os europeus, ao chegarem aqui, achavam que tais ideias deveriam ser seguidas por quem vivia no paraíso deste lado. Entendeu também que as ideias dogmáticas da fé eram muito mais simples e, portanto, cabiam na vida simples dos povos. Foi então que se formou em sua mente a necessidade de separar *De Humane Corporis* das filosofias, resolvendo tornar real o Eldorado de Voltaire, que tinha lido em

Candide ou l'Optmiste. Feliciano entendeu que toda a anatomia do tratado de Vesalius era comum a todas as raças e credos, de modo que o restante seria apenas deixar a natureza seguir seu curso, sem tentar impor filosofias de pensamento que só serviam para aquele mundo europeu.

Se Voltaire tinha encontrado seu mundo no Eldorado, porque esse mundo estava isolado dos europeus por cadeias de montanhas, logo ele poderia construir seu próprio refúgio, proclamando a República de Nova Ilusão, que deveria ser mantida à custa da revolução que, para ele, era necessária para manter o isolamento do resto da jovem República. Os conceitos de alma e espírito, apresentados pela religião — e não pelos filósofos —, sem possibilidade de constatação, tiravam o lugar da complexidade das ideias filosóficas. Concluiu que, semelhante aos sentimentos que a pompa das religiões suscita, a força dos mistérios nunca desvendados do além, representados por um ritual incompreendido que ele havia presenciado ao assistir à primeira missa, tinha um grande poder sobre aquela gente simples. Guardou essa constatação para as ideias de revolução dos costumes que começavam a se formar em sua cabeça.

Nesse momento de sua vida, estalou na sua mente a vontade de juntar pequenas partes dos escritos dos vários pensadores e das várias filosofias com o conhecimento que vivenciara com os povos indígenas do local, para criar uma comunidade em que não precisasse de tanta filosofia e de tanta religião para justificar os estragos que uma vida desigual acaba fazendo em uma comunidade.

Era só não haver competição, não haver guerra e não haver medo que a natureza supriria tudo. E entrou em sua cabeça a revolução que preservaria os costumes simples da natureza. Feliciano, que na Europa concluíra que tudo era culpa do frio, atribuiu ao inverno a Revolução Industrial, que começou com a necessidade de produzir roupas, desenvolver as teorias de Adams Smith sobre a riqueza das nações, as guerras ganhas por Napoleão, as guerras perdidas por Napoleão e as invenções tecnológicas que, segundo ele, ocorreram para escapar do frio. E acabou concluindo que ali, naquele pedaço de mundo que era o seu país, e perto de Nova Ilusão, onde a simplicidade e a mistura de raças estava acontecendo, se multiplicariam e formariam uma só nação de misturas de raças e cores, que seria a solução da felicidade. A natureza, e não a tecnologia, seria o Deus vivo. E, quando retornou, disse ao Coronel Broussard, quando este perguntou o que mais o tinha deixado admirado em suas viagens pela Europa: "O frio", respondeu.

Em suas viagens pela Europa, Feliciano Firmino foi levado a visitar vários lugares históricos que mostravam a grandeza dos povos: lugares onde se travaram batalhas em guerras passadas. Viu o lugar onde Aníbal, general e estadista cartaginês, derrotou os romanos em grandes batalhas campais, como a de Canas. Viu o lugar onde Napoleão ganhou a batalha de Austerlitz. Viu onde Napoleão perdeu a batalha de Waterloo. E ele ficou intrigado ao ver que se dava valor à mortandade. Visitou o museu do Louvre, onde viu tantas homenagens a homens do período absolutista e móveis que reis e amantes reais haviam usado, enquanto milhares passavam fome. Não sabia se tudo aquilo era apenas uma homenagem à capacidade de criação dos homens ou uma homenagem à imbecilidade humana. O mesmo ocorreu em relação ao Arco do Triunfo, uma homenagem a guerras vencidas por um ditador que matou milhares.

Feliciano encontrou na biblioteca da Universidade de Paris tantas referências a batalhas, tanto no continente europeu como no resto do mundo, que comparou as rusgas que acontecem entre os nativos das Américas a atos de amor se comparados aos europeus. Nem mesmo a alegação de levar conceitos cristãos aos povos serviria de justificativa. Ele consolidou em sua mente mais uma das interpretações lógicas que irritam o sistema social: a hipocrisia.

A REVOLUÇÃO QUE NUNCA ACONTECEU

Quando, lembrando-se dos ensinamentos de Tião e feliz por ter um lugar para voltar, Feliciano Firmino chegou a Nova Ilusão e encontrou muitas mudanças.

O Coronel Broussard estava em casa e havia tido uma paralisia que acometeu o lado direito, entortando a boca para a esquerda e impedindo-o de falar direito. Ele ficava sentado na varanda quase o dia todo, sendo cuidado pela professorinha e por dona Santinha — as mulheres têm muito mais empatia que os homens.

Feliciano Firmino Dante chegou perto do padrinho querido e, pegando sua mão, pediu bênção. O Coronel Broussard, vendo seus olhos se encherem de lágrimas, chamou o afilhado para perto e o abraçou, dizendo:

— Aqui estou, filho. Aleijado, feito cornudo por uma santa que se mostrou puta e cuidado por uma puta que se mostrou santa. Mas agradeço de coração às duas, pois nada há para perdoar, eu tenho é muita sorte. E você, Feliciano Firmino Dante de Mendonça, que me diz do aprendizado da Europa? Entendeu o motivo que levou os europeus à evolução científica? — pergunta o Coronel.

Feliciano Firmino foi sintético e disse ao Coronel Broussard:

— O frio. O inverno lá é terrível e, ao contrário daqui, onde não temos que nos preocupar com mantimentos, aquecimento e outras coisas, eles têm medo do futuro. Isso faz com que a ganância, misturada com um regime absolutista sempre controlado por uma classe exploradora, desencadeie uma necessidade de preservação, que descamba para tudo o que já vimos: conquistas, exploração de povos e de trabalhadores. Por isso, não podemos deixar que essa ciência, que não é sabedoria para nós, interfira em nosso povoado. Então, vamos preparar a revolução.

Foi o frio o responsável pela Revolução Industrial, pelas guerras, pelo desenvolvimento das armas, pelas grandes navegações e por tudo que não interessa a um clima igual ao nosso. E, lembrando-se de *Candide*, de Voltaire, que explicou a felicidade do povo pela ausência de contato com as chamadas "civilizações", resolveu que faria de tudo para que essa evolução civilizatória não entrasse nessa terra. Ao contrário do que era a intenção do Coronel Broussard — de trazer a civilização a essas paragens e formar um político que o iria representar na República — acabou criando um revolucionário contra todo o sistema mundial. Feliciano Firmino Dante de Mendonça resolveu impedir o avanço da civilização, mostrando que das intenções ao fato tem muita distância.

Então, Cristiano, Feliciano Firmino começou o projeto que deveria, como tantos outros, isolar a comunidade do resto do país, manter a alegria com a natureza e parar com as intenções que, segundo ele dizia, só servem para alimentar a filosofia da desgraça e a crença em outras vidas que movem as religiões e o Estado.

E, sobre Adam Smith, entendeu a contradição entre a *Riqueza das nações* e a *Teoria dos sentimentos morais*, e que bastaria a filosofia dos xerentes — e não a de pensadores tão aclamados como filósofos universais — para serem felizes.

Coronel, entre as poucas coisas que eu aprendi, além do que perdi, é que o inverno não serve para nosso povo e que a famosa civilização europeia não é natural nem boa, mas antinatural e inimiga do planeta. Se essa evolução continuar, destruirá tudo pela frente e, por fim, nossa Mãe Terra.

De forma que farei de tudo para evitar a contaminação desse nosso povoado e de todos os povos ao redor, nem que seja pela luta armada.

E começou a revolução que nunca teve. Ficou posteriormente conhecida como "A Revolução do espírito e da alma".

Um dia, o palhaço Bambolino apareceu na casa do Coronel e, sentado perto da janela, disse:

— Vai chegar o emissário do papa.

Ele estava muito jovem, quase não o reconheci, e perguntei:

— O que aconteceu com você, que está parecendo um jovem?

E ele disse:

— A metamorfose. — E continuou: — Você vai ver, aliás, não vai. Estou falando da solidão, dos sentimentos de exclusão que acometem a todos e do quanto nos esforçamos para evitá-los. Aqui, vocês tentaram construir uma coisa muito boa, mas a vida não vai deixar, pois ela segue se renovando independentemente dos nossos desejos. O que chamamos de vida é um conjunto de reações químicas que pensamos poder controlar, mas não podemos. Por isso, tanta filosofia vã e tanta importância ao mundo imaterial na tentativa de explicar o comportamento dos seres vivos: vocês não procuram onde devem. Na química que nos forma. Nada se perde, tudo se metamorfoseia. Já falei muito, agora vou seguir a metamorfose.

Nós olhamos, espantados, um para o outro. Não entendemos nada sobre o que ele falou, mas já estávamos acostumados. Só não estávamos acostumados com ele ser tão prolixo. Será que o silêncio dos velhos é sabedoria ou conformismo?

Nesse momento, fico pensando e não digo nada. É sempre assim que acontece com o domínio de uma cultura: vêm os padres e depois os soldados. Todas as terras conquistadas pelos europeus seguiram essa receita. Primeiro, alegam que vão salvar os ateus do Inferno, ensinar a verdadeira fé, catequizar os selvagens para salvá-los, conforme Cristo nos salvou. Esse é um conceito que nunca vou entender, sempre falam que Cristo veio nos salvar e quem nos salvará deles?

Depois chegam os soldados e escravizam todos os "salvos". Roubam a riqueza dos conquistados, para manter a arrogância e o luxo de poucos donos do poder. Foram salvos, mesmo!

Resolvemos que não deixaríamos acontecer aqui. Mas como?

Feliciano deu a ideia. A terra foi comprada honestamente, temos documento. Então, vamos usar a inteligência na revolução. Vamos usar a pena e não a espada.

Daí, é tudo o que se seguiu até a morte estúpida e desnecessária de Feliciano.

Primeiro, nos organizamos com reuniões para montar a defesa. O Coronel nos lembra da Revolta de Canudos e de como ela foi massacrada.

A pergunta é: como nos defender se nunca tivemos armas? Com pau e pedra?

Feliciano teve a ideia de cercar todo o povoado da mesma forma que o Exército romano, comandado por Júlio César, havia feito na batalha de Alésia, anos antes de Cristo. A grande diferença é que, naquele tempo, não tinha canhões...

Eu argumento com ele da estupidez disso tudo, e ele teimosamente insiste que, mesmo que não adiante, vai dar o que pensar. Já nessas alturas, vários donos de terra nas proximidades estavam ficando preocupados, pois empregados e negros escravizados por eles ameaçavam debandar para Nova Ilusão. Em consequência, o Brasil oficial tomou conhecimento e teve medo de outra Revolta de Canudos. Começou um alarde, e logo jagunços a mando de não sabemos quem tentaram matar Feliciano, errando tiros de emboscada por pouco.

Chegaram os padres! Eram da Companhia de Jesus, os jesuítas. Eles haviam retornado após a expulsão e começaram a tomar conta outra vez. Os famosos soldados de Cristo, como se Ele quisesse soldados.

Eram dois originários da Espanha: padre Salvador Esquieverra e padre Juan de Alabarda. Procuraram Feliciano para se apresentarem e disseram que vinham em paz para *"Ad maiorem dei gloriam"*. Seriam boas companhias para o dr. Guaspar. "Para maior glória de Deus", pois, sim. E seus escritos sempre vinham com as iniciais: AMDG, que no passado assustava muita gente.

Em 21 de julho de 1773, Clemente XIV assinou um documento intitulado *Dominus ac Redemptor*, que expulsava os jesuítas da estrutura da Igreja e retirou todos os bens deles. A expulsão da ordem jesuítica de Portugal e de todas as colônias portuguesas se deu durante a gestão de Sebastião José de Carvalho e Melo, o Marquês de Pombal, enquanto secretário de Estado de Portugal. A Carta Régia de 19 de janeiro de 1759 decretou a apreensão e o sequestro dos bens e das propriedades dos jesuítas, bem como sua expulsão de Portugal e suas colônias. A Companhia de Jesus voltou a ser a mesma em 1814 por fatores controversos entre os reis europeus, e eles estavam ali.

Foram bem recebidos, e depois de nos reunirmos com todos do povoado, chegamos à conclusão de que a ferro e fogo nada conseguiríamos. Tínhamos resolvido, portanto, ganhar tempo e, em vez de fogo, cozinhar em banho-maria.

Levamos os dois para conhecer o povoado e, principalmente, a igreja, tendo o cuidado de mandar o frei Barbudo para as terras indígenas.

E começaram as calmas indagações com jeito inocente. Diante da invalidez do Coronel, todas as perguntas seriam respondidas por Feliciano, que a essas alturas recebera a patente de capitão, outorgada por todos os habitantes.

Os padres ficaram encantados, mas também muito desconfiados quando souberam que frei Barbudo rezava a missa no descampado que ficava em frente à mata. Para horror deles, não havia a confissão antes da comunhão, isto é, antes de receber o sangue e o corpo de Cristo. O capitão Feliciano argumentou que o Grande Anchieta tinha rezado missa na praia, o que aquietou um pouco seus espíritos que lutavam entre a fé e a política. E que esse costume, que era muito apreciado, devia-se também pelo tamanho da igreja, que era muito pequena e não comportava todos que gostavam do sermão do padre Setembrino.

— Vocês só têm essa igreja?

— Sim, caríssimos padres — respondia Feliciano, que ficou encarregado.

— Existe alguma outra religião além da verdadeira?

— Não, caríssimos, só a católica.

— Quem toma conta?

— Frei Setembrino, da ordem dos agostinianos — Feliciano evitou o apelido.

— Podemos conversar com ele?

— Não, caríssimos. Como não sabíamos de sua vinda, ele foi catequizar os indígenas que moram atrás da serrana mata bruta.

— Isso é muito bom. Devemos converter os selvagens à verdadeira fé.

Para eles, a verdadeira fé era a católica e a verdade era a que eles queriam que fosse.

Sabíamos que, para diminuir a resistência dos indígenas, os jesuítas criaram aldeamentos, chamados de missões, com o objetivo de afastar os povos de sua comunidade e transmitir-lhes a cultura e a educação europeias.

Às vezes, as missões agiam de forma autoritária e violenta, e por isso muitas foram ineficientes. O pajé xerente tinha relatado, na época que ficamos em sua aldeia, que conheceu alguns indígenas que fugiram das missões e que, na verdade, eram escravizados, apanhavam menos que os negros. Assim, impedimos que soubessem onde ficava a aldeia. As missões ou reduções jesuíticas funcionavam como aldeamentos onde os padres viviam em meio aos indígenas, estimulando-os a uma vida de trabalho, oração e formação. Nessas tribos, os padres, em conjunto com os nativos, produziam seu sustento e praticavam o comércio dos bens produzidos. Falam que não há mais perigo, mas como diz o ditado: "O seguro morreu de velho".

O Marquês de Pombal tinha ordenado a expulsão dos jesuítas em 1759, como uma tentativa da Coroa de centralizar a administração colonial e neutralizar a ação de ordens religiosas, que atuavam na colônia de maneira autônoma, sem o controle da metrópole. Ao longo desse século, os jesuítas ainda foram expulsos de outras nações europeias, mas estavam de volta.

E continuaram as perguntas:

— Existe alguma casa que abriga religiões africanas?

— Não, caríssimos padres.
— Existe algum cismático?
— Não, todos católicos e tementes a Deus.
— Existe cadeia e polícia?
— Não precisamos até agora.

Depois de muita conversa e dois dias de angústia e perguntas, eles nos deixaram, perguntando, por fim, se aceitaríamos alguém para ajudar o padre local e um representante do governo do Brasil oficial.

Pronto! Lá vinha a segunda turma. O que fazer?

Ao voltar, eu fiquei sabendo de tudo e pensei: *Bambolino e a Metamorfose*. Estamos entrando em círculo de vida, que poderia ter demorado um pouco mais, de preferência depois que eu morrer. Nesse tempo, os jesuítas haviam ido embora, mas prometeram mandar um noviço.

Chegou, depois de três meses, um noviço com ar apalermado, um jesuíta que, segundo relatos, era educado para nunca questionar ordens superiores: "*In Cadáveres*", obedecer como um cadáver. Não podiam ter pensamento próprio.

O representante do governo era um descendente de portugueses: Rodrigues Cunha, acompanhado de sua esposa, Joaquina Cunha, e de seu filho de aproximadamente cinco anos, Luís Cunha.

Arrumamos para eles uma pequena e confortável casa. Feliciano, depois de recebê-los e providenciar acomodações, falou:

— O senhor fica, mas soldados não vêm!

A função dele era preparar para a chegada da lei, que nunca houve, e o descumprimento dela gerou um impasse que deixou o senhor Rodrigues numa situação complicada.

Feliciano foi firme:

— Nem polícia, nem cadeia. O senhor fique quieto aí e desfrute de tudo o que nós temos, senão vocês vão ter que trazer os canhões e arrebentar tudo; e o primeiro a ser atingido vai ser o senhor.

A esposa do interventor, que ficou proibido de intervir, ficou apaixonada pelo lugar — posição estranha para quem estava perto do poder na capital. Seu filho logo se enturmou e, como criança de alma pura, ficou encantado com o fato de que a escola de Maria do Rosário não tinha horário fixo, mas tarefas a serem cumpridas. Um sistema de ensino muito além de sua época. Era obrigatório estudar, em sala de aula, português, inglês e matemática, enquanto todos os outros ramos da ciência eram ensinados ao ar livre, de acordo com experiências realizadas com auxílio de Maria do Rosário e de Bartolomeu, que já tendo um talento nato, melhorou muito estudando os livros encontrados na biblioteca do Coronel.

Joaquina espantava o marido toda tarde ao relatar sua percepção daquela sociedade.

— Imagina, Rodrigues, não tem briga entre famílias para tomar o poder. Não tem prefeito, não tem política, todos dividem o que têm sem reclamação. A esposa do Bartolomeu faz pequenos doces em forma de pássaros de várias espécies e sai distribuindo para as crianças, e isso todos os dias. Ela definiu um padrão de cor e de gosto para cada dia, e as crianças adoram. Luís aprendeu a usar estilingue, um artefato que atira pedras, e vive caçando junto com os outros, mas me diz que só mata quando é para comer. Certo dia, trouxe um nambu, ave deliciosa.

Rodrigues estava chateado; foi lá para botar ordem num vilarejo, que diziam mais próximo do Inferno e do comunismo do que os conceitos cristãos, e encontrou alguma coisa que poderia estar mais próxima do Céu. Ninguém ficava doente, ninguém brigava, não precisavam ser mandados para o trabalho, pois todos sabiam sua função e a faziam cantando. E que músicas! Eram acompanhadas pelos pássaros do Bartolomeu, que voavam em volta das árvores e dos campos, e se aglomeravam nos dias de missa para fazer o coro gregoriano, enquanto frei Barbudo a conduzia sem usar latim, para desgosto do noviço e do doutor Guaspar. Frei Barbudo não ameaçava com as chamas do Inferno nem com os personagens bíblicos que haviam morrido há mais de mil anos, pois, segundo ele, esses deveriam caber bem numa sociedade sofredora e pecadora.

Rodrigues estava num dilema entre duas possibilidades impossíveis: uma era aceitar tudo como estava e correr o risco de ser demitido pelo Brasil legal, outra era pintar um quadro perigoso sobre a liberdade que ali reinava, que poderia levar ao anarquismo e ser punido pelo Brasil real.

O capitão Feliciano foi se reunir com ele para trocarem possibilidades. Nesse tempo, o Coronel, já muito doente, havia transferido tudo para o rapaz.

Rodrigo começou a explicar seu dilema ao capitão Feliciano.

— Capitão, se eu disser lá no poder que está tudo bem, eles mandarão outro para dizer que não, e eu serei despedido. Se eu inventar que não está tudo bem e que vocês são um perigo para a ordem estabelecida, serei homenageado e perderei esse paraíso, e minha esposa que não quer mais ir embora, e meu filho, porque nesse caso eu não o verei mais. Que enrascada me meti, pensei que seria fácil.

O capitão olha para esse português com dó e, pensando um pouco, resolve tentar transformar esse dilema em uma só possibilidade.

— Proponho o seguinte: quero que tudo continue como está. Em troca, não vamos mais aceitar novos habitantes, para sossegar os capitães de outros lugares. Você fecha os olhos para nosso sistema comercial, e nós concordamos em pagar um imposto ao governo. A religião ficará a cargo de Barbudo, com a ajuda do noviço, que daremos um jeito de não nos atrapalhar. Não teremos prefeito, e eu renuncio à minha patente de capitão, para não melindrar o Exército. No entanto, essa é a proposta final. Se não aceitar, iremos resistir, e seu governo terá que explicar outra Revolta de Canudos, que já ficou cheirando mal para os heróis do Exército.

Por vias de cavalo e trem, a proposta chegou ao centro do poder. Foi solicitada uma reunião com as Forças Armadas, que acabou se transformando em uma demonstração de poder e burrice. Alguns generais queriam arrebentar com tudo; seria fácil desta vez, e não teriam críticas. Já os políticos lembraram que as terras foram compradas e registradas, sendo, portanto, propriedade legítima. Como o direito à propriedade era ponto de honra entre os latifundiários, isso seria um motivo de desconfiança do sistema judiciário e poderia causar mais tumulto.

Chegaram, então, a uma conclusão, emitindo uma ordem geral para dar a impressão da decisão ser do governo. A ordem foi perdida quando o Coronel morreu; penso que ele a queimou quando usava papéis para acender o fogão. Com sua deficiência física e teimosia em querer fazer alguma coisa, uma vez ele quase pôs fogo na casa. Mas dizia mais ou menos isso:

ORDEM GERAL DA REPÚBLICA CONSTITUÍDA DOS TRÊS PODERES

a) O povoado de Nova Ilusão passa a ser reconhecido como cidade do Brasil legal;

b) Devido à coragem da empreitada em desbravar novas áreas e produzir alimentos para o país, seus cidadãos serão considerados donos do lugar, com posse vitalícia, inclusive para seus herdeiros;

c) Comprometem-se a manter o número de habitantes relativamente constante e a não aceitar empregados de outras glebas de terra que tenham proprietários legais;

d) Concede-se a comenda ao Coronel José Antônio Adrien Charles Broussard e ao capitão Feliciano Firmino Dante de Mendonça na forma de decreto.

Pelos serviços prestados ao país.

CUMPRA-SE.

Vou dar para você ler, Cristiano, tinha guardado comigo como uma lembrança.

Ano do Nosso senhor, em 25 de dezembro, de 1900.

Acordado e assinado pelos Poderes Legislativo, Judiciário e Forças Armadas.

As Forças Armadas não constituíam parte da República Civil, mas, como sempre, não queriam ficar à parte.

E assim cumpriu-se o acordo.

Depois disso, eu ficava sentado em cima do morro, com Filé ao lado, tentando entender tudo isso. Olho para o meu amigo e percebo como ele está velho, assim como eu também estou. Os pelos brancos começam a endurecer e crescem em lugares estranhos, caem da cabeça e aumentam nas orelhas e no nariz.

Não gosto disso, tenho mais medo de ficar confuso do que paralisado, embora minhas articulações estejam mais rígidas e dolorosas. Já está passando da hora de partir deste mundo físico. Não acredito em um mundo depois desse, sou um padre que não acredita na alma imortal. Filé me olha com olhos tristes e fico achando que pensamos igual. Não sei como ele ainda está vivo, provavelmente por desígnios escondidos da natureza. Deus?

Para que imortalidade? O que quero é dormir para sempre e não me preocupar com mais nada. Sempre gostei de dormir, para mim, não tem nada mais prazeroso que o momento em que passo da vigília para o sono. Às vezes, um pesadelo perturba, mas quando acordo estou curado. Penso que os pesadelos são as angústias do espírito mais fáceis de curar, basta acordar. As outras angústias já são bem mais difíceis, dependem de uma luta constante entre a aceitação e o conformismo, e como já passei por muitas angústias sei a dificuldade da cura. Algumas não se curam nunca.

O Coronel Broussard já descansou. Um dia se deitou na rede após almoçar e lá ficou. O capitão Feliciano, como sabem, morreu em meus braços. Qual a razão dessa minha teimosia em não morrer? Um castigo?

Meu amigo Bambolino está cada vez mais jovem, embora não tenha aparecido mais depois da história da metamorfose. Fiquei e ainda fico tentando entender sobre a tal metamorfose. Faço uma comparação com as borboletas: quando adultas, são lindas, colocam ovos que viram lagartas feias que comem as folhas das plantas e depois se enclausuram, eclodindo como novos indivíduos que alegram a vida e polinizam as flores.

No entanto, não acredito que ele se referia a borboletas, mas ao que aconteceu aqui nesse lugar, onde muitas coisas poderiam acontecer, mas não a união de mentes que queriam mudar o mundo. Fora a sabedoria nata de Feliciano, de Tião e do Coronel Broussard que os afastara do pensamento conservador de seu tempo, tornando-os solitários que tentaram criar uma sociedade em que fossem aceitos.

Às vezes, é como se nós mesmos, a partir de muito conhecimento, tivéssemos nos transformado em uma criatura desconhecida, tão diferente das demais, e que posteriormente tentássemos retornar ao pensamento mais simples e aceitar conceitos já estabelecidos para não sofrer com a luta por uma mudança. O que para muitos pode até parecer uma arrogância, quando, na verdade, a sensação é de não gostar do que nos tornamos, incapazes de dominar o que passamos a ser, como em uma metamorfose.

A metamorfose não ocorre subitamente, embora sejamos acostumados a não dar muita atenção às mudanças em pequenas doses, que se tornam inevitáveis e levam a um destino que parece inexorável. Um destino independente do conhecimento acumulado ao longo da história da filosofia e da religião. Por vezes, nos distanciamos de questionamentos profundos, de modo que uma metamorfose pode modificar as estruturas, abalar as bases e rearranjar todo um sistema considerado único e invariável. Sendo, portanto, por definição, uma mudança completa de estado. Metamorfoses não apenas modificam, mas alteram de tal maneira o que havia antes que um novo contexto pode assustar.

Os esforços realizados pelo homem, objetivando encontrar o significado do Universo, fracassaram. Por tal significado não existir, a existência humana é colocada como o centro de suas concepções, em que o homem vive uma realidade imperfeita, carregada de riscos e ameaças e, dessa forma, procura no mundo imaterial uma razão para sua existência supostamente superior.

Estou cansado e não percebo o vento que vem de entre as árvores, envolvendo o povoado. Esse vento, parecido com uma brisa suave, começou há um mês e não para, às vezes aumenta, às vezes diminui. Percebo que esse vento está levando para algum lugar do passado ou do futuro o cheiro de cigarro de palha — que Emerinha fumava e que envolvia o túmulo de Feliciano — junto do cheiro de cavalo e couro cru — que fazia o povoado prosperar —, carreando consigo os pássaros de Bartolomeu, silenciando os cantos orquestrados e substituindo as músicas clássicas e os cantos gregorianos por sons comuns que precediam a metamorfose. Sons que vinham do vento, passando entre as árvores, e que se misturavam ao cantar dos pássaros. Sons da própria vida, que envolve uma natureza virgem, levando pouco a pouco a felicidade de todos os habitantes e deixando apenas uma sensação de impotência frente ao desconhecido interior de cada um. Impotência que leva ao medo e que, sem achar uma forma de aplacá-lo por meio da conquista da sabedoria, inventa um ser imaginário protetor ou punitivo, na esperança de resolver as angústias da alma e do espírito — diferença que eu nunca consegui entender entre esses dois conceitos e que eu não acredito que exista.

E eu estou cansado de tanto pensar. Não consigo explicação ao ver os indígenas adentrarem cada vez mais a mata e ver Tião fugir com sua família, com medo de a escravidão voltar. Percebo que, atrás desses meus olhos embaçados, os habitantes começaram a mudar o comportamento, criando divergências entre si. A vinda de outros padres, criados e moldados na velha doutrina da Igreja, começaria a intimidar, com o castigo do purgatório e do Inferno. O representante da República iria chamar novos ajudantes e vai aparecer a proposta de construir uma cadeia. Fico pensando na palavra que Bambolino nos falou, como se fosse uma criança dizendo algo proibido: "metamorfose". Observo o olhar triste de Filé, não sei como ele está vivo ainda. Gostaria que morresse antes de min, não por egoísmo, mas se eu morrer primeiro, quem vai cuidar de um cão velho? Ele vai ficar jogado na rua, como eu fiquei quando criança, e sei o que é isso. Pois sempre somos responsáveis por quem nos ama e a quem amamos.

Então, resolvo voltar ao pequeno cubículo na igreja, a parte que me coube nesse latifúndio depois que o clero oficial tomou conta de vez do povoado, pois, segundo eles, foram designados pelo próprio Deus e eram os únicos que podiam transmitir a Ele nossos vigiados desejos, que permeiam nosso pensamento e nos angustiam quando sequer pensamos em alguma coisa fora do entendimento desses escolhidos. Esses que nos proíbem de participar dessa metamorfose ou criar nosso próprio avatar entre a religião ou o culto a um ser superior ou em forças sobrenaturais que se realiza por meio de ritos, preces e observância do que se consideram mandamentos divinos, geralmente expressos em escritos sagrados que só eles têm permissão divina de interpretar, estavam misturando e transformando essa forma de viver que criamos aqui em Nova Ilusão na aparência, na forma e no caráter. Em o quê?

Vou voltar com o Filé na esperança de que esse vento me leve também.

Enquanto caminho para a igreja em favor do vento, vejo uma criança caminhando em direção a mim. Ela se aproxima com um sorriso maroto, me acena e continua andando na direção contrária ao vento. E eu, de boca aberta e coração pulando, murmuro para o vento, para Filé e para mim mesmo, a fim de que esse murmúrio possa ser levado a todos pelo incansável vento frio.

— Bambolino!

FONTE Minion Pro, Ofelia Text
PAPEL Pólen Natural 80g/m²
IMPRESSÃO Paym